幻冬舎文庫

陰日向に咲く

劇団ひとり

陰日向に咲く

劇団ひとり

幻冬舎文庫

陰日向に咲く

目次

道草　7
拝啓、僕のアイドル様　41
ピンボケな私　77
Overrun　113
鳴き砂を歩く犬　161
解説　川島壮八　216

道草

惹かれるコンビニ

深夜まで残業をした帰り、会社のある大手町から、自宅のある千葉とは真逆の方向へタクシーで向かった。新宿西口からほど近い国道で降り、初春の肌寒い風を受けながら、国道沿いにある一軒のコンビニへ入った。

レジで煙草とライターを買うと、店先のガードレールに腰掛け、

「また禁煙失敗か」

そう呟いて、煙草に火を付けた。頭がクラクラしたが、それは何も久しぶりに吸った煙草のせいだけじゃなかった。

「次のプロジェクトを君に任せようと思う」

昼間、部長に言われた言葉が頭の中で鳴り響き、これから始まる数カ月の不眠、不休を思うと、胃がきりきりと痛み出した。

一体、私の人生は何なのだろうか。休みも返上して身を粉にして一日中働き、妻

や娘の顔も見れず、それどころか自分のことさえもろくに、見れていない。自分は何のために生きているのか、何のために苦しんでいるのか、それが何なのかわからない。それが何なのか考える時間さえもない。いっそのことすべてを終わりにしたい。

「あぁ、駄目だぞ。また悪い病気だ」

吐き出す煙のどこまでが煙草の煙で、どこからが白い息なのか、意識をそらすために、どうでもいいことに集中した。

でも、その集中もすぐに途切れた。フーッフーッと吐き続ける、その白い煙の向こう側にコンビニのゴミ置き場が見えた。

あの場所だ。

あの場所で半年前、あの青年と出会うまで、私はホームレスだった。

持て余す自由

ホームレスになったのは、やはり仕事でプレッシャーを感じている時期だった。

朝、いつも通り満員電車に揺られ、器用に小さく畳んだ新聞を読みながら会社へ向かっている途中、押し潰されそうになるほど混んでいる車内の一角だけがガランとしていることに気がついた。

不思議に思い覗き込むと、そこにはボロボロの衣服に身を包んだホームレスがいた。彼が放つ独特な体臭を皆が避け、そこだけがガランと空いていた。しかし、その時の私にはそれが嫌な匂いに感じられなかった。どこか懐かしい匂い。そう、子供の頃に行った動物園の匂いだ。日向ぼっこをして、エサを食って、疲れたら眠る、自由気ままに生きる獣の匂いだ。

「そうか、これは自由の匂いなんだ」

社会という檻《おり》から逃げ出し、自由を手に入れた獣たちが発する匂いだ。そう思うと、途端に彼が輝いて見えた。乗客たちを遠ざける彼が、まるで海を真っ二つに割った旧約聖書に登場するモーゼのように見えた。

会社のある大手町駅に着いても私は降りず、そのままモーゼについていった。自由が何であるかを知るために、ひたすらモーゼについていった。

そして、着いた場所は新宿駅西口からほど近い公園だった。たくさんの樹木がジャングルのように植えられた広い公園内には、モーゼと同じく自由に生きる獣たちが大勢いた。ジャングルをさまよう獣たち、まさに自由の楽園だ。

しかし、自由の楽園に着いたものの、そこで何をしていいのかわからなかった。突然、手に入れた自由だが、あまりピンと来ない。子供の頃、飼っていたインコのピッピがかわいそうになって外に逃がしたことがあったが、カゴから出てもしばらくの間ピッピは戸惑った様子であたりをウロチョロしていた。きっと、あの時のピッピも今の私と同じように何をしていいのかわからなかったのだろう。

とりあえず公園の広場に寝そべってみた。両手を頭の後ろに回し、足を組んで寝そべる。それが何となく私のイメージする自由人のポーズだった。

さらに自由を実感するために口笛を吹いてみた。広場で寝転びながら口笛を吹くのも、やはり私のイメージする自由人だった。しかし、実際に吹くとなると、思いのほか他人の目が気になってしまい、ほとんどスースーと空気を吐き出す音しか聞こえなかった。見上げると青く広がる空に雲が浮かんでいた。

次に私は、その雲を見ているうちにソフトクリームやクジラなど、何か別の物体を連想してしまう、自由人ならではの遊びをすることにした。何だかアニメの主人公みたいで楽しそうだった。しかし、実際にやってみるとこれが非常に難しい。いくら見ても雲は雲だった。しかも、その時の雲はモコモコとした形状ではなく、全体が薄く伸びていたので、なおさら難しかったが、自由人としての意地でどうにか連想した。でも、それは、「水に溶かしたトイレットペーパー」や「手で引き伸ばした脱脂綿」などずいぶんと現実的な連想だった。

連想ゲームもあきらめて、今度は長細い草を口にくわえることにした。子供といえばキャンディ、大富豪といえば葉巻、自由人といえば長細い草だろう。ちょうど脇に適当な草があったので、抜いて口にくわえようとしたが、口笛同様、どうしても他人の目が気になってしまう。

仕方がないので、十五センチほどあった草を半分に切った。そして、さらに半分の半分……。気がつくと草は二センチほどの長さになっていた。そして、さらにそれを口にくわえると、もう五ミリぐらいしか口から出ていない。

何をしても、イマイチだった。

自由とは何なのか、草を口から吐き出し考えてみた。

そして、ある結論に至った。

「そもそも私は自由なんか欲していなかった」

そんな、身も蓋もない結論だった。

ただ少し人生が辛く感じられたから、そこから逃げたくなって、その逃げる理由が欲しかっただけではないだろうか。

「自由が欲しい」

そういった類《たぐい》の、誰かが言ってそうな高尚な不満を借りて、仕事から逃げる理由を自分の中で作り出していたのだと思う。自由に憧れていたのではなく、自由に憧れる人に憧れていたんだ。

それに気がついただけでも、公園に来た価値は十分にあった。

「よし、会社に行こう」

時計を見たら、自由になってから一時間しか経っていなかった。

いけない夢

たったの一時間ではあるが、自分の内面と向き合えたことは無駄ではなかった。自由を欲しがるほど私は不幸な立場にいない。あれは不相応な悩みだった。そう思い切ると仕事や家庭への不満も徐々に和らいできた。

しかし、しばらくすると、やはり以前のような空しさに襲われ始め、そのたびにホームレスになることを考えるようになっていた。もはや考えるというよりも、夢見ると言ったほうが正しいかもしれない。

ホームレスを夢見る。

会社でパソコンに向かっていても、ついネットでホームレス関連の記事を検索したり、そのネットで集めたホームレスの写真を携帯電話の待受け画面にしたり、街中でホームレスを見かけるたびに立ち止まっては見とれてしまっていた。

そして彼らの服装や持ち物をじっくりと観察する。ロックミュージシャンに憧れる坊主頭の少年や、ギャルに憧れる田舎の少女と同じように、気がつくと私にとってホームレスは憧れの存在になっていた。

その気持ちは時間が経っても弱まることを知らず、想いは膨れる一方だった。あの時、一時間で公園から戻らなければ、と後悔はするものの、再び公園に行く勇気もなく、いっそのこと、リストラでもされないかと本気で願うようになっていた。

そんな諦めきれぬ想いは、やがて変な形で行動に表れた。

家に帰り、妻と娘が寝静まるのを見計らってから、私は書斎に向かい、デスクの引き出しに隠した黒革の鞄を取り出した。中に入っているのは何週間も費やして自作した、ボロボロのホームレス風ファッション一式だ。当初は、どうしても汚れがワザとらしくなってしまったが、試行錯誤の結果、模型などに汚れを付けてリアルにするウエザリングという技法を使い、どうにか完成した。

それらに身を包み、鏡の前に立つ。くるくる回ったり、笑ったり、ファイティングポーズをとって見せたりした。初めて髪を脱色した時よりも、初めてスーツを着た時よりも、ずっと長く鏡の前に立っていた。

そして、煙草に火を付ける。新品ではなく、よりホームレスの気分を味わうために、会社の喫煙室からこっそり拝借してきた吸殻に火を付ける。ありがたそうに眉間《みけん》にシワを寄せた顔で短くなったそれを吸うと、妻と娘が起きないように小さな声で、

「あー、寒い」

などとホームレスになりきって呟いてみた。

公園デビュー

深夜、自宅でこっそりとホームレスに変装するだけでは満足できなくなった。その格好のまま外に出たいという欲求が次第に高まり、ついに私は実行してしまう。

といっても、家の近所では誰に見られるかわからないので、会社帰りに例の新宿にある公園に立ち寄り、便所で自作のホームレス風ファッションに着替えた。高校時代、友人たちとストリップ劇場に行く計画をして、放課後、便所で親父のスーツに着替えた時のことを思い出した。あの時、未成年であることが受付に見破られやしないか怯《おび》

えていたように、本当のホームレスでないことが公園の住人たちに見破られるのではないかという不安があった。バレたら袋叩きにされるかもしれない。

しかし、そんな不安も無駄に終わった。私は見事に馴染み、それを誰一人として見破る者はなかった。すれ違うOLの軽蔑した視線がそれを証明していた。そうやって私は昼間の会社員とは別の、ホームレスという、もう一人の自分を手に入れた。

そうやって毎日のように公園へ通ううちに、徐々に知り合いも増え、あのモーゼとも会話をするようになった。モーゼはこの道二十年のベテランで、今年で六十八歳になるが、その割にはずいぶんと元気で健康的だった。モーゼ本人も、

「まだまだ体の動くうちは現役でいってやら」

と言っていた。現役じゃないからホームレスなんだと思ったが、そこは聞き流した。

モーゼは酔うと饒舌《じょうぜつ》になり、自分の生い立ちから大恋愛までいろんな話をしてくれたが、周囲の人間に言わせると大ボラ吹きで有名だった。

「そんでアメリカ兵をぶん殴ってやってよ」

しかし、聞いている分には楽しかったので、私は気にならなかった。

あまり深くは訊かなかったが、モーゼは過去に結婚もしていたらしい。

「生きていれば今年で二十五歳になるかな」

ある日、そういってモーゼは胸元から一枚の古びた写真を取り出し、私に見せてくれた。写真には着物を着た一人の女性と野球帽をかぶって笑っている少年の姿があった。

「これ、ご家族ですか？」

と私が尋ねると、モーゼはいつもの饒舌と違って、

「うん」

とだけ頷《うなず》いて遠くを見つめた。

おやすみの準備

公園での生活は楽しく、週末になると、妻には地方出張だと嘘をついて、公園で寝泊りを繰り返した。毎週そんなことをしていたら普通は浮気でも疑いそうなものだが、すっかり冷めきった夫婦仲、妻にとって私が家にいないことはむしろありがたかったようで、気持ちいいくらいに何も言わず送り出してくれた。

モーゼのように、長く公園に住む者は木材やシートを使って掘っ立て小屋を作り、その中で暮らしているが、週末だけの私はそうもいかないので、路上や公園のベンチで寝泊りをすることになる。これが夏ならさほど問題もないが、それ以外の季節は防寒対策が必要不可欠だった。

当初は何となくのイメージでダンボールさえあれば寝られると思っていたが、実際はそれだけでは寒くて眠れない。ダンボールはあくまでも風除けと地面に敷くマット代わりで、諸先輩方の寝床をよくよく観察すれば、四方を囲ったダンボールの中に布団やら寝袋を敷いている。

早速、私も新宿東口からほど近いディスカウントショップに寝袋を買いに行った。そこで初めて寝袋に二つの種類があることを知った。一つはミノ虫のように足の先が細くなったマミー型。もう一つは四角い形をした封筒型だ。私は形や用途よりも、そのネーミングに惹かれて封筒型を購入することにした。きっと封筒が私を退屈な日常からどこかの見知らぬ宛先へ運び出してくれる、そんな気がしたからだ。

寝袋を購入した後、公園に戻りモーゼにダンボールを分けてもらった。何枚も重ねられたダンボールの上から数枚を無作為に手に取ったのだが、その中の一枚に「ワレモノ注意」のシールが貼られていて、まるで自分の精神状態のような気がして可笑《おか》しかった。

もらったダンボールをガムテープで繋ぎ合わせて、中に寝袋を敷くと、それなりに小屋らしき物が出来て満足した。夜になり私は、ダンボールで出来た大人一人が寝られるほどの小さなポストの中に投函された。

初めての夜は、興奮してなかなか寝つけなかった。

中学生の時、新しい学校に転校する前夜もこんな気持ちだった。どんな友達が出来て、どんな部活に入って、どんな女子と出会い恋に落ちるのか、そんなことを考え興奮して眠れなかった。あの夜の僕と、この時の私は同じだ。

不安はあっても怖くない。不安が力になり自信になる。十五歳の自分に戻れた気がした。不思議なことだが、すべてを捨てたくて公園で寝ている自分の中に、すべてを手に入れられる自信が湧いてきた。

結局その日は、ポストの中で朝を迎えてしまった。真っ暗だったダンボールの中に次第に朝日が差してくると、目の前にちょうど「ワレモノ注意」のシールがあることに気がついた。

「もう違うよ」

と言って、それを爪で剝《は》がし、小さく丸めると、やっと封筒は眠りの中へ配達された。

捨てられない

寝床以上に大変なのは食べ物の確保だった。私は昼間、会社員として勤めているので稼ぎはあるが、郷に入れば郷に従え、ホームレスの時はなるべく金を持ち歩かないようにしていた。

ボランティア団体による配給などもあるが、やはりホームレスの基本は残飯だ。足を使い、飲食店やコンビニのゴミ袋の中から食べられそうな物を探す。新人の頃は大変だが、慣れれば大体どこの店に何があるのか把握してくるので、効率良く店を回れるようになるらしい。どのホームレスも二、三軒は自分の馴染みの店を持っているものだ。

深夜、新宿西口からほど近い国道沿いにある一軒のコンビニの前で、私は一時間近く店の前を行ったり来たりしていた。

このコンビニに辿《たど》り着くまで、すでに二十軒以上も回った。ここの、ゴミ置き場なら鍵も掛かっておらず、そこに置かれた半透明のゴミ袋の中には弁当が見えている。やっと見つけた好都合な店だった。なのに私は躊躇《ちゅうちょ》していた。理由は単純。他人の目が気になっていた。捨てたはずのプライドがわずかに残っていたのだ。

周囲を気にしながら、ゆっくりと忍び寄り、人の気配がするたびに私は慌てて飛び離れ、いなくなったのを確認してから再びゴミ置き場へ近づく。深夜の割に客の出入りが激しい店で、そんなことをずっと繰り返していた。

一時間後、どうにかして、初めてゴミ袋の結び口に手を掛けることができた。指先に全神経を集中させ結び口を解く。が、異常に小さくて固い結び口に手間取った。

そのせいで、人通りまで気を配れず、ついに店に来たＯＬ風の客と目が合ってしまった。女性は私を憐れんだ目で見ていた。

誤魔化そう。

深夜にゴミ袋をホームレスが漁《あさ》る姿は、誤魔化しようがないはずなのに、わずかに残っていた私のプライドがそれを許さなかった。きっと、彼女が美人だったのも理由だろう。

しかし、咄嗟《とっさ》に口から出た言葉は、情けなくなるほど薄っぺらだった。

「あ、間違えた」

ゴミ袋を漁って一体なにを間違えたんだろうか。

失敗した、そう思った私は慌ててその女性の後を追って店内に入り、念のために持っていた千円札で弁当を買ってしまった。見えるように弁当を手に持って何度か彼女の前を通った。

「私は弁当を買う金を持っています」

とアピールするためだった。結局、何をどう誤魔化したかったのか自分でもわからなかったが、どう判断するかは彼女の想像力に任せて店を出た。

公園にはすぐに戻らず、弁当の賞味期限が切れるのを待ってから戻った。そして、モーゼの元へ行き、

「今日はコレだけでした」

と言って弁当を食べた。

間違っても買ったなんて言えない、それはホームレスとしてのプライドだった。

罰ゲーム

深夜、公園の噴水広場で未成年と思われる若い男女のグループが酒を飲みながら騒いでいた。広場のベンチ脇に組み立てたダンボールの中で、どうにか眠ろうとしたが、竹の子がどうしたとか、ピンとかパンとか言う遊びで盛り上がる声がうるさくて眠れなかった。

誰か注意してもよさそうなものだが、ここの住人たちはそんな愚かなことをしない。下手をすれば集団リンチを喰らい、怪我どころか命さえ奪われる危険がある。触らぬ神に祟《たた》りなし……のはずだったが、その夜は、神のほうから触ってきた。

「それ、罰ゲーム！　それ、罰ゲーム！」

かけ声が公園内に響いた直後、一人の若い男がよりによって私のほうへと歩いてきた。標的が自分でないことを願いながらも、とにかく私は寝たフリをした。男の足音が徐々に近づき、やがて私の枕元で止まった。心臓の鼓動が速くなる。ピクピクと強張る顔の筋肉を必死で抑えながら私は寝たフリを続けた。

「マジ、そのダンボール格好いいっす。ははっ」

そう言って若い男は走り去った。

「マジでビビッたよ」

と男が皆に報告すると、若者たちは手を叩いて喜んだ。

「よっしゃ、第二弾いくべ」

ホームレスに話しかける企画は若者たちを熱くしたらしく、それはしばらく続いた。その間、私はずっと寝たフリをしていた。

子供の頃、まだ寝入っていない私を見ながら両親が、「可愛い寝顔だね」と言うのを聞き、彼らの期待を裏切りたくなくて眠ったフリをし続けたのを思い出した。あの時は、そのうち自然に眠れたので、今度もそれを期待した。

「マジ、噴水が風呂っすか」

「マジ、俺も就職活動してるし」

「マジ、カラスってペットっすか」

怖くて、悔しくて、情けなかった。なのに私は、その場を去ることもできず寝たフリを続けた。早く眠れ、早く眠ってしまえと自分に言い聞かせた。

再び、枕元に人が立った。コツコツと鳴る、その足音を聞けば若い女であることはわかった。

「えっと、あの、オッパイ見ますか？」

目が開いてしまった。絶対に開けないよう、力強く閉じていた瞼《まぶた》が簡単に開いてしまった。すべてを捨てたはずの私だったが本能は性への欲を捨てていなかった。つまり簡単に言えば、オッパイが見たかった。

もちろん、本当に見せてくれるわけもなく、若い女はギャーと叫びながら走り去った。

捜索願い

性欲もプライドも、私は何一つ捨てられていないことを知った。本当の自由を手に入れるためには捨てなきゃいけないものがあるはずだ。

「すべてを捨てたい」

そう思った私は家にも帰らず会社へも行かず、公園で寝泊りをして完全なホームレスになる決意をした。

それから数日後、メガネを掛けた真面目そうな背広の男が公園の住人たちに名刺を手渡しながら何やら話をしていた。私も好奇心で男に近づくと、手渡された名刺の社名には加藤探偵事務所とあった。

「実は、息子さんから父親の捜索願いを受けまして。いろいろと調べているうちに、ここの公園に住んでいるという情報が入ったんですよ」

名刺を手渡してきた調査員の男が言った。

一瞬ヒヤッとしたが、冷静に考えれば私の家族でないことは明らかだった。私には娘がいるが息子はいない。

事情を聞くと、その息子の母親が最近、亡くなったらしく、死ぬ間際まで気にしていた父親のことを息子が捜し出すことにしたそうだ。

しかし、住人たちは誰も大した関心も示さず首を横に振り、名刺を投げ捨てた。

「そうですか。しかし、亡くなった母親のためにそこまでするなんて、立派な息子さんですよ。あっ、そうそう、その息子さん。きっと皆さんもご存じだと思いますよ。プロ野球選手のK・Yですよ」

そう調査員が言うと、無関心だった公園の住人たちが突然騒ぎ始めた。

それもそのはず。K・Yといえば若くして億を稼ぎ出す、野球に興味のない私でさえ知っている超大物選手だ。仮に彼の父親だとしたら、ここでの生活とは正反対のとびっきり優雅な暮らしが待っているだろう。

無関心だった住人たちの目の色が変わった。そこらへんに投げ捨てられていた名刺が急に姿を札束に変えたかのように、あっという間にすべてが拾い上げられた。名刺を巡って掴み合いにまでなり、腕っ節の強い男が手に持った三枚の名刺を嬉しそうに見つめていた。もちろん、名刺の枚数で父親になれるわけではないのだが。

結局、先ほどまで誰一人としていなかった父親候補は公園中に溢《あふ》れ返り、皆が自分こそ父親だと大真面目な顔で主張し始めた。

「きっと俺の息子だ。迎えに来てくれるんだ」

と涙ながらに芝居をする者。

「俺だよ。だって俺もイニシャルK・Yだもん」

と根拠にならない訴えをする者。

「こうなったら野球で勝負付けようや」

と誰からも相手にされない者。

誰もが期待に満ち溢れた顔をした中、ただ一人だけ困惑顔の男がいた。

モーゼだ。

贈る言葉

「出たよ。またオッサンの大ボラが」

自分が父親であると言ったモーゼを、住人たちは笑った。だが、私にはそれが大ボラではないことがわかっていた。いつかモーゼが見せてくれた写真に写っていた野球帽の少年は、確かにK・Yの面影があった。

調査員は書類を取り出し生年月日から出身地、そして息子との思い出などいくつかの質問を慎重にした上で、モーゼこそが本物の父親であると判断した。

「明日、息子さんご本人と迎えに来ます」

そう言って、調査員が公園を後にすると、札束はただの名刺に戻り、再び投げ捨てられた。事情を把握しきれない腕っ節の強い男だけが、その名刺に飛びついた。そして、五十枚あまりの名刺を持って、ウォーと叫びながら天に拳《こぶし》を突き上げた。


その夜、親しい連中がモーゼのために送別会を開いた。皆、どこから調達してきたのか、ケーキやらフライドチキン、普通に暮らしていても滅多に飲めない上等な焼酎やウィスキーを持ってきては、それを惜しみなく振舞った。皆、顔を真っ赤にし酔っ払った。ある者は歌い、ある者は踊った。

夜の深まりとともに盛り上がりも絶頂を過ぎ、皆が一息ついたところで一人の男が立ち上がり、モーゼへ言葉を捧げた。男はモーゼとの思い出を語り、最後に、

「……と、まぁ息子さんに負けない人生の逆転ホームランを打ったわけだ。おめでとう」

と言った。一瞬、間をおいて大きな拍手とともに「おぉ」とか「上手い！」などの言葉が聞こえた。感極まって泣く者もいた。

　次に立ち上がった男も負けじと、

「頑張って走った者だけが、ホームベースに帰れるんだってわかったよ。おめでとう」

　と言って再び場を盛り上げた。これを機に贈る言葉は方向性を徐々に失い、最終的には野球に絡めて上手いことを言うのがメインになっていった。

「息子さんの投げた愛情を心のミットでキャッチして下さい。おめでとう」

「世間に敬遠されたからこそ、幸せという塁に出れたのかも。おめでとう」

「人生にも球種と同じように変化が必要です。時にはカーブ、時にはスライダー、そして時にはフォークボール……は駄目ですね。もう落ちるのは勘弁です。おめでとう」

　満足気な顔をした者、いまいち納得のいかない顔をした者がいた。

　肝心のモーゼは優しく微笑みながら、どこか寂しげな表情でそれを聞いていた。そして、挨拶が一段落したのを確認して、モーゼはゆっくりと腰を上げ皆に向かって深々と頭を下げた。

「皆、ありがとう。俺は嬉しいよ。こんなに美味い酒を飲んだのは初めてだ。俺は……」

モーゼはクシャクシャにした顔を手で覆った。皆も下を向いて静まり返っていた。

そんな中、私の隣にいた腕っぷしの強い男だけは場の空気が読めておらず、

「どんな上手いことを言うんだろう」

と、あらぬ期待をしていた。

さよならモーゼ

公園の住人たちがモーゼの見送りに集まった。モーゼは長年住んでいた場所を離れるとは思えないほどの少ない荷物を持って、息子との再会を待っていた。

約束の時間、公園の入り口に止まった黒塗りのハイヤーから調査員、続いてK・Yが降りてきた。住人たちからは自然と温かな拍手が起こり、それに応えるよう息子さ

んは軽く会釈をし、モーゼの前に立った。

「お久しぶりです」

と息子さんが優しくモーゼに話しかけたが、モーゼは目を合わせず、下を向いたまま無愛想に、「あ、どうも」と言ったきりで、二人の会話は止まった。

「まぁ、積もる話もあるでしょうが、どうぞお車へ」

こんな感動的な再会の場面にも慣れた感じで、調査員がモーゼの荷物に手を伸ばした、その時。

調査員の手を振り払ったモーゼが、言葉を喉から絞り出すように言った。

「俺は行かない。ここに残る」

強く奥歯を嚙み締め、何度も生唾を飲み込み、涙を堪《こら》えているのがわかった。

「だって、そうだろ……ホームレスになった時よ、なんで俺みたいに頑張ってる奴がこんな辛い思いをしなくちゃならないんだって、神様に文句言ったけど、今はその逆だよ。何で俺みたいな大馬鹿者の老いぼれを幸せにしてくれるんだって言いてぇよ。俺みたいな奴は腹空かして、寒い寒いって苦しみながら死なねぇと駄目なんだよ。そうじゃなきゃわりに合わねぇだろう。捨てられた女房と子供がどれだけ辛い思いをするかも考えねぇで、自分勝手に家を飛び出した、この大馬鹿野郎が幸せになっちゃいけねぇだろう」

それを聞いた息子がゆっくりとモーゼに歩み寄った。

「……父さん、本当のことを言えば僕はあなたを憎んでる。母さんと幼い僕を置いて逃げたあなたを憎んでる。でも、僕はあなたを許します。僕を愛して、一生懸命に育ててくれた母さんが、死ぬ間際まで会いたいと言っていたあなただから、母さんが愛し続けたあなただから、僕は許します。最期に母さんが言いました。私みたいな馬鹿な女に愛してるって言ってくれた、たった一人の人。だから、あの人を恨まないでねって」

モーゼは膝を地面に落とし、堪えていた涙も地面に落とした。

「さぁ、帰ろう」

息子さんに肩を抱かれ、モーゼが立ち上がる。

初めてモーゼを見た時と同じように、人だかりが二つに割れて道が出来た。

その道はモーゼにとって、進む道なのか、戻る道なのか。

足並みを揃え、再び親子が歩み始めた。

モーゼの小屋

モーゼがいなくなってからも、しばらくの間はホームレスを続けていたが、ある日、その頃には慣れた食料調達をしに向かった例のコンビニのゴミ置き場で、若いホームレスと出会い、私は元の生活に戻る決意をした。がりがりに痩せ細った彼が、弁当を摑み取り奇声を発する姿を見て、自ら好き好んでホームレスをしている自分が愚かだと気がついた。私は彼に弁当を譲り、ポケットに入っていた有り金を全て置き去り、ホームレス生活から足を洗う決意をした。それに、正直に言えばモーゼの一件から私も家族に会いたくなっていたのだ。

公園で最後の夜を越し、昼過ぎに目を覚ましてから親しかった住人たちに別れを告げに回った。家族の元へ帰るとは言いづらくて、かわりに旅に出ると言って別れた。帰り際、モーゼの住んでいた小屋の前を通った。中を覗いて見るとモーゼが出て行った時のまま残っているようだった。考えたら、中には一度も入ったことがなかったので、最後の思い出作りと好奇心で中へ入ってみた。

小屋の内部は見た目より狭く、二畳ほどのスペースに衣服や本などがところ狭しと積み重なっていた。布団に腰掛け、物思いにふけっていると枕元に置いてある錆《さ》びた四角い缶が目に入った。

勝手に覗くのは失礼だが、モーゼにとっては置き去る程度の物だったのだから許してくれるだろうと思い、手に取った。

中を開けると、いつか見せてくれた家族の写真やK・Yの新聞記事の切抜きが詰まっていた。気が咎《とが》めたが、日記帳も読んだ。そこにはモーゼの生い立ち、奥さんへの懺悔、息子への想いが書き綴られていた。

「おい。誰だオマエ」

慌てて日記帳を閉じ、声のほうを見ると、入り口に見知らぬ男が立っていた。この公園の住人ではない。一瞬、怯《ひる》んだが、

「いや、そちらこそ誰ですか？」

と少し強めに言い返した。

「ここの住人だよ。と言っても、しばらく留守にしてたけどな。いや、どうしても腹が減ってよ、つい魔が差して窃盗で御用にされちゃって、しばらくブタ箱で世話になってたんだよ」

男はそう言って、中へ入り込み、部屋の中を見渡した。

「兄ちゃん、俺がいない間、ここに勝手に住んでたのか？」

「あ、いえ……あの、このK・Yって選手は？」

缶の中に入っていた新聞の切抜きを男に見せると、男はそれを手に取り言った。

「勝手に見るなよ。こりゃ、俺の息子だよ。もう二十年以上も会ってないけどな」

理解するのに少し時間がかかった。

小屋を出てからも、しばらく呆然としていた。

ベンチに腰掛け、落ちていた煙草の吸殻を拾い、火を付けた。

大きく吸った煙をゆっくりと吐き出すと今度は笑いたくなってきた。

公園のベンチで一人ニヤニヤしながら私は呟いた。

「この大ボラ吹きが」

拝啓、僕のアイドル様

愛の妄想力

武田みやこ。通称ミャーコ。僕の好きなアイドル。

まだミャーコは世間的にメジャーではないので、その名前すら知らない人も多いだろうが、是非少しでも多くの人にミャーコの名前を憶えて頂きたい。彼女こそ真のアイドルであり、真の女性である。その名前を憶えて損はないはず。

よく、「売れたら遠くの存在になって寂しい」なんて言うファンもいるが、僕はそんな身勝手なファンじゃない。そんなことを言うのはアイドルたちを本当に愛していない証拠だと思う。本当に心から愛しているのであれば、彼女たちの「売れっ子になりたい」という願いを一緒になって応援するべきだと思う。僕はミャーコにはもっと売れて欲しいし、もっともっと果てしなく遠い存在になってもらいたい。テレビにたくさん出て、たくさん稼いでもらいたい。ミャーコの収入が増えれば、それは僕の喜びになるし、ミャーコの出費が増えたら、それは僕の悲しみになる。

これは決して大袈裟な表現ではなく、ミャーコのためなら僕は死ねると思う。頭の中でリアルに、ミャーコがテログループに人質に獲られるシミュレーションをしたんだけど、何度やっても僕が身代わりになってミャーコを助けている。仮に、それで殺されたとしても僕は本望だ。ミャーコのために命を捧げるなんて、最高の死に方だと思う。お国のために命を捧げた僕の祖父《じい》ちゃんも、きっと良い死に方だと褒めてくれるに違いない。

それに、仮に死んだからといっても僕はすぐに成仏しないはずだ。きっと現世に留《とど》まり、ミャーコの守護霊になって、悪霊や災いからミャーコの身を守るだろう。これこそ愛だ。愛する人のためなら死だって利用するんだ。

そして、たまに化けて出る。これは、決してミャーコを怖がらせるためじゃない。テレビの心霊番組に出た時、「ミャーコ、霊感が強くて、この前もお化けを見たんです」と話のネタにしてもらうためだ。上手に話せるようになるまでは何度だって化けて出る。それもこれもすべてはミャーコのため。僕が成仏できるのはオンエアを見て納得してからだ。

もしかしたら、僕のミャーコを愛する気持ちはミャーコの母親にも勝るかもしれない。お腹を痛めて産んだ母親の愛が絶大だということは知っているが、それでも負ける気がしない。出産の激痛を何度も想像したが、それがミャーコの誕生だと思えば痛くもなんともない。ミャーコなら毎日でも産める。しかし、これぱっかりは証明できないのが悔しい。

不可能な話だが、僕がミャーコを産みたかった。もしもう一度、ミャーコが胎内に帰る日があるなら、是非とも僕の体を選んで頂きたい。仮に僕のお腹に入る日が来たとしたら、最高の胎教でお迎えすることだろう。最高のクラシック音楽をＢＧＭにして、お腹の中のミャーコに、「ウサギとカメ」から「三国志」までいろんな話を聞かせてあげる。心霊番組に何度呼ばれても困らないように、僕のとっておきの怖い話も教えてあげる。憶えるまでは何度だって聞かせる。ちゃんとオチの「それは……お前だ！」が言えるまでは分娩室に行ってあげない。

と、ミャーコを愛する気持ちを書き殴ってみたが、実際はミャーコの前に立つとモジモジしているだけの地味なファンの一人。「ミャーコのためなら死ねる」なんて、それこそ死んでも本人には言えない、ただのファンの一人。

届けたい想い

便箋を買って、手書きをして、それを封筒に入れて、切手を貼って、わざわざポストまで行って投函する。パソコンや携帯のメールが普及している今の時代に、この手紙の不便さったらない。ではなぜ、なくならないのか。その理由は僕たちアイドルファンが存在するからだと思う。

僕らは、アイドルに想いを伝える手段として手書きのファンレターを出す。絵文字を駆使したどんなに凝ったメールよりも、やはり想いが伝わるのは手書きの手紙だ。それは昔も今も変わらない。皆がメールを使う時代に手紙がなくならないのは、それが理由だ。

断言しても良い。きっと現在の郵便物の大半がファンレターだ。つまりは現在の郵便局を支えているのは僕らアイドルファンであり、窓口のオバちゃんや配達のオジちゃんの生計を支えているのも僕らだし、その子供たちの未来を支えているのも僕らだ。

僕らが彼らの養育費を払っているんだ。そんなことを真面目に考えていると責任感さえ湧いてくるから不思議だ。僕にとってファンレターを書くことは、郵便局員の子供たちを養うことに直結している。そのせいか近頃では、その子供たちに対しての親心さえ芽生えてきた。出世しなくても良い、貧乏でも良い、人の気持ちがわかる優しい人間に育ってくれれば、それで良いと思っている。これって、親バカかな。

今までミャーコに送ったファンレターは数えきれないが、文面に「好きだ」とか「可愛い」だとかを書いたことがない。匿名で書いてるんだから、ミャーコに自分の存在を知られないとはわかっていても、現実に告白するのと同じくらいに緊張して書けない。でも、言い訳になるかもしれないが、そんな想いはファンレターを出している時点で十分に伝わってるわけで、わざわざ書く必要もないと思う。それよりも僕はミャーコのためになることを書きたい。

以前、イベントでミャーコは新聞を読まないと言っていた。確かに普通の若い女の子は新聞など読まないかもしれない。しかし、ミャーコは普通の若い女の子ではない。芸能人だ。新聞も読まないようでは芸能界で生きていけないと思う。クイズ番組、ワイドショー、あらゆる番組に対応できるマルチなタレントになるために、時事ネタは是非とも押さえておくべきだ。だから僕は新聞を読まないミャーコのために、世の中の出来事をわかりやすく簡潔に説明したファンレターを書いている。あまり堅い説明だと新聞嫌いのミャーコが拒絶するかもしれないので、あくまでもフランクに伝えるよう心がけている。

「あちゃー。な、なんと新憲法の提出は今国会では見送りだよーん。しょぼーん」

といった具合だ。ミャーコもこの文体なら興味を持って読めるらしく、実際にアシスタントを務めている山梨のラジオで、トークのネタにされたことがある。突然、新憲法の話を持ち出したミャーコにメインパーソナリティのＤＪも驚いたらしく、会話はちっとも盛り上がらなかったが、それはＤＪが無知だったからで、僕的には素晴らしいトークだったと評価している。

そうやって実際にミャーコがトークのネタとして使ってくれるのは、非常にありがたいことだが、その分こちらのプレッシャーも大きい。情報はなるべく新鮮で確かなものでなくてはならない。もし可能なら、国会や裁判所など自ら現場に出向き情報を集めたいと思っている。もし長期の休暇が取れ、経済的にも余裕があれば、戦場へ出向き最前線から戦争の悲惨な現状を伝えたい。もちろんその場合も、

「あちゃー。な、なんと罪のない人たちに流れ弾が当たっちゃったのだ！　とほほ」

と、あくまでもフランクに伝えたい。

嬉しい生活苦

僕らの愛は一方通行だ。いくらアイドルを愛しても、ファンという壁を越えて、一人の男として愛されることは決してない。それに関しては現実逃避せず素直に認める。しかし、アイドルは僕の愛に応えてくれないが、逆に僕の愛を拒みもしない。それが一般の女性を愛することとの大きな違いだ。「ごめんなさい」とも「気持ち悪い」とも言わずアイドルたちは、ただ微笑んで愛を受け止めてくれる。僕たちはきっと、それを知っているから、愛することに怯《おび》えない。愛することに歯止めが利かないのだと思う。

その愛し方の一つにプレゼントがある。好きな彼女に彼氏がプレゼントを贈りたいのと同じように、僕らファンも好きなアイドルにプレゼントをしたい。僕は毎月、必ず給料日にミャーコへのプレゼントを買っている。ファンになりたての当初はCDや本などだったから別に大した出費ではなかったのだが、次第にそれでは満足できなくなり、ブランドのバッグやらノートパソコンなど十数万円する品物をプレゼントするようになった。プレゼントの価値は値段じゃ決まらないかもしれないが、やはり高い物を贈りたくなる。一生懸命に仕事をして稼いだ金をたくさん使うことで、ミャーコに対する自分の愛を確かめてるのかもしれない。

もちろん、生活は苦しくなった。無駄遣いをせず最低限の生活、いや、最低の生活を送ることもある。朝は水だけ飲んで、昼は水で溶いた小麦粉を焼いて弁当にし、夜は再び水を飲むなんて時もある。そんな日が続くと栄養失調で、生きているだけで死にそうになる。そんな時は、深夜のコンビニへ行ってゴミ袋の中から期限切れの弁当やらパンを頂戴する。死にそうな人間に理性などない。

一度、同じくゴミ袋を漁《あさ》りに来ていたホームレスと弁当の取り合いになったことがあった。そのホームレスも相当に腹を空かした様子だったが、こちらも空腹では負けていない。結局、両者一歩も引かず弁当を懸けての殴り合いになった。しかし、空腹のあまり力が入らず、弱々しく放った僕のパンチは、まるで夢の中で打つスローなものだった。その情けないパンチを、ホームレスは避けようともせず、憐れんだ表情で僕を見ながら、すべて顔面で受け止めた。そして「お兄さん、頑張ってね」と言った後、片手で軽々と僕を突き倒して、賞味期限の切れた弁当と小銭を置いて去っていった。僕は礼を言うのも忘れて、無我夢中でその弁当を掻《か》き込んだ。

後日、道端で背広を着たサラリーマンに声をかけられたのだが、よく見ると、あの時のホームレスだった。あの日、あまりにも惨めだった僕の姿を見て社会復帰を決意したそうだ。彼は久しぶりに家族に会った話や会社で昇進した話をして、帰り際、「ありがとう。君も抜け出せよ」と言って一万円札を渡してきた。完全にホームレスだと思われていたようだが、それを否定するほどホームレスじゃないという自信もなかった。

ここまで話しておいてなんだけど、どうか誤解しないで欲しい。僕は、決して苦しいとは思っていない。むしろ、こんな辛い思いが嬉しい。一緒に食事をすることもなければ、手を繋ぐこともなく、キスをすることもない。そんな実りのない愛だから、自分の愛情を空腹という形で実感できることが嬉しい。この空腹こそがミャーコへの愛。腹が減れば減るだけ、胸が愛で満たされていく。減った体重こそ、ミャーコへの愛の重みなんだ。

振り向かないで

三冊目となるミャーコの写真集が発売される。今日、その発売を記念して秋葉原で握手会が行われた。好きなアイドルの手を握り、ほんの少しだが会話までできてしまう握手会。ファンとアイドルの距離が最も縮まるイベントであり、これぱっかりはミャーコがまだメジャーアイドルになれていないことに正直感謝してしまう。メジャーアイドルになったら握手会などやらなくなってしまうから。

某電器店の6Fにあるイベントホールにて握手会は行われた。ホールといってもさほど広さはなく学校の教室ほどだが、ちゃんと小さなステージも組まれていて、アイドルたちに重宝されている場所だ。ほぼ毎日、様々なアイドルが様々なイベントを行っている。

人気のあるアイドルならファンが百人近くも集まり、そんな時は身動きも取れなくなり不快な思いをするのだが、ミャーコの場合はそんな心配もいらない。大体、多くても三十人前後。だが、これは別に少ない人数でもない。マイナーなアイドルなら、それぐらいが妥当な人数だろう。

しかし、いくらマイナーなアイドルといえども今日はさすがに辛かった。到着してみると、会場には僕を含めて客は四人しかいなかった。どうやら、別の会場で握手会をやっていたグラビア系の新人アイドルに客が流れたらしい。デビュー五年目のミャーコは、この世界ではベテラン。やはり勢いのある新人には人気で勝てない。

何人集まろうと、僕には関係ない。一人だろうが百人だろうが、ミャーコを愛する気持ちに変わりはない。しかし、当の本人はそんなことを言ってられない年齢だ。

三年前にプロフィールの「年齢」の項目が削除され、その代わりに「ミャーコ年齢」という項目が設けられた。そこには十八歳と書いてあるが、実際の年齢は二十五歳。プロ野球に喩《たと》えるなら、三十歳の二軍選手といったあたり。アイドルとしてブレイクするには瀬戸際の年齢であり、ミャーコも焦っているはず。そんな崖っぷちに追い込まれた状況で、四人の客。厳しすぎる現実だ。彼女の気持ちを思うと、今日のイベントは中止にして欲しかった。

しかし、願いも空しく、定刻通りイベントは始まった。ゆっくりとステージ上の赤いカーテンが左右に開き始めると同時に大音量で曲が流れ始めた。ミャーコのデビューシングル『ふりむキッス♪』だ。僕はその場から逃げ出したくなった。この曲の振り付けは、イントロ部は客に背を向けていて、「ふりむキッス♪」で勢い良く振り向き、投げキッスをする。

つまり正面を向いた瞬間、客が四人である事実を知ることになる。きっと傷つくだろう。僕は、その表情を見るのが辛かった。しかし、無情にもイントロは流れていき、カーテンが開ききった。ミャーコはいつものように背を向けて立っていた。フリルのスカートを穿《は》いて尻をリズムに合わせて振っている。その振りに迷いはない。

そして、ついにミャーコが「ふりむキッス♪」と正面に勢い良く振り向いた。僕は思わず目を閉じそうになったが、いい時ばかりじゃなく、辛い時のミャーコもちゃんと見てあげようと思い、しっかりと目を開きミャーコを見守った。

きっと三十人から四十人の客を予想していたに違いないミャーコは、振り付けの投げキッスを、明らかに会場の奥のほうへと向けて投げた。そこにいるはずだった客への投げキッスだ。投げキッスをした手が伸びきったあたりで、ミャーコははっきりと動揺した表情で周りを見渡した。そして、前列の僕ら四人しかいないことを知ると、伸ばしきった手をゆっくりと僕らに向けて微妙に軌道修正した。

一瞬、泣きそうな顔をしたミャーコだったが、どうにかラストまで歌いきった。少ない客の前ではハイテンションで歌うことが辛かったらしく、いつもと違って少しバラード調に歌っている気がした。お決まりの振り付けもまったくなく、普段なら投げキッスを連続で客に向かってするはずの間奏でも、まるでミュージシャンのように目を閉じて音を噛み締めているフリをしていた。

そして、ミャーコは歌い終わると精一杯の笑顔を見せて「空席除けば、超満員」と、客が少ない時に必ず言うお決まりのギャグを口にした。客が三十人くらいいれば、これでいつもは爆笑が来るのだが、今日はあまりに少なすぎて、会場に冷たい風が吹いた。

笑顔のまま強張った顔のミャーコ。よく見ると先ほどから何度も生唾を飲み込んでいる。きっと、泣きたい気持ちを堪《こら》えているのだろう。

「逆にこれぐらい少ないほうが良いかも。ちゃんと一人一人に歌を届けれるから、これぐらいのほうがいいよ。……うん」

強がりを言ってみせたミャーコだったが、最後の「うん」を自分に言い聞かせるように呟くと、目が徐々にウルウルしてきて、ついには泣き出してしまった。慌ててマネージャーらしき男が飛び出してきて、ミャーコを連れてステージの脇へと消えていった。

僕には、傷ついたミャーコにしてあげられることなど何もない。何もないから、下を向いているだけ。会場には間繋ぎの『ふりむキッス♪』が流されていた。何度も何度もリピートされ、それが逆に空しさを煽《あお》った。

七回目のリピートが終わる頃、さっきのマネージャーらしき男がミャーコを連れてステージへ戻ってきた。

「お待たせしました。もうミャーコは大丈夫です」

ミャーコはちっとも大丈夫には見えなかった。一生懸命に笑顔を作ってはいるが、目を真っ赤にして、鼻水をすすっていた。もう今日は中止にしよう。ミャーコがかわいそうだ。その場の全員がそう思ったに違いない。それなのに男は「整理番号順に並んで下さい」と事務的に言った。

僕は、たった四枚しか配られていない無用と思われる整理番号を持って、列と呼ぶには短すぎる三人の後ろに並んだ。紙に押された判が、「００４」と三桁まで対応できるのが痛々しかった。００１番が握手をしてミャーコに激励を送っている時、僕に一つのアイディアが浮かんだ。それはアイディアと呼ぶほど大したものではないかもしれないが、少しでもミャーコの気持ちを楽にしたくて貧弱な頭で捻《ひね》り出した。

携帯電話を取り出し、耳にあてる。鳴ってもいない、かけてもいない、誰とも繋がっていない電話を耳にあてる。そしてミャーコに聞こえるよう大きな声で、誰とも繋がってない電話で僕は話し始めた。

「もしもし。遅いよ、何してるの？　えっ？　電車が止まった？　それは災難だったね。だから、みんな来れないんだ」

ミャーコの目がチラッと僕を見た。

そうだよ、ミャーコ。電車が止まったんだ。中には、この会場に来るはずだった皆が乗ってるんだ。だから、泣かないでミャーコ……そんな想いで誰とも繋がってない携帯電話に向かって話をしていた。

それを聞いてミャーコの表情が少し柔らかくなった気がして僕は嬉しかった。しかし、その小芝居をしている最中に、プルルルと思わぬ着信。誰かと繋がってるはずの電話が鳴っている。その不思議な状況を見てミャーコの表情が曇った。このままでは電話が繋がってないことがミャーコに見破られてしまう。一度ついた嘘は最後までつき通さなくてはならない。僕は着信音が鳴り響く電話に向かって話し続けた。

「も、もしもし？　あの、えっと、着信音がうるさくて聞こえないんだけど」

まったく意味不明の発言だが、それでも僕は話を止《や》めなかった。握手の順番が回ってきても僕は着信音が鳴り続ける電話に向かって話し続けた。お陰でミャーコの表情は一変した。ミャーコは、僕のことを電話に向かって独り言を喋る変な奴だと思ったのだろう。先ほどまでの悲しみの表情は、変質者に怯える表情に変わっていた。

それでも僕は満足している。形はどうあれ、ミャーコの悲しみを拭《ぬぐ》えたんだ。それが僕の愛なんだ。

一流のレストラン

先日の握手会で気になったことがある。客が少なかったのはもちろんだが、問題なのはむしろ客の質である。僕も含めてだが、とにかく皆が皆ダサい。よれよれのTシャツに丈の短いGパン、紙袋にメガネ。

今までは僕も別にそれで良いと思っていた。しかし、考えてみれば一流のレストランではネクタイ着用が義務付けられているように、ミャーコに一流のアイドルになってもらうためにはファン自身の質の向上が必要だと思う。小汚い格好をした客が並ぶレストランを見て、人はその店に入ろうとするだろうか。それよりも綺麗な格好をしている客が並ぶレストランのほうに入りたがるはずだ。つまり、僕らの格好がミャーコの人気に直結していることになる。

そんなわけで服を買いに新宿の某デパートに向かったのだが、入り口まで来て足が止まってしまった。

店に入れない。店に出入りする小洒落た若い男女を目にして、ボサボサ頭でヨレヨレ姿の自分が場違いであることに気づいた。銭湯でスッポンポンになるのは当たり前のことだが、街でスッポンポンになるのは問題だ。それと同じように秋葉原を歩いている分にはまったく問題のなかった僕の格好も、ここではスッポンポンと同じ。通り過ぎる人々がみんなして僕を見て笑っているような気になる。デパートで服を買うためには、まずデパートで服を買うための服を買わなくてはならないらしい。

その場に立ちつくし、頭を抱え地面を見つめていると、視界の中に綺麗に手入れされた茶色の革靴が見え、それは僕の目の前で止まった。

「どうしたの？　食い物なら落ちてないよ」

声の主は、いつかの元ホームレスだった。ポマードで髪をオールバックにし、高そうなスーツを身に着け、そして素人でも知っている高級ブランドの腕時計をはめていた。彼は社会復帰どころか、社会で勝ち組になっていた。もう彼は、僕らの住む世界とは違う世界に行ってしまったんだ、と、ついつい僕はホームレスの目線で彼を見てしまっていた。

そして藁《わら》をもつかむ思いで、スッポンポンの僕は彼に救いを求めた。実は自分も社会復帰をしたくて服を買いに来たのだが店に入れなくて困っている。ホームレスになりきったまま、そう説明すると、彼は自分のことのように喜んでくれた。そして、

「君は私の恩人だからな」

と言って、一緒に店へ入り、ブランドもののスーツをプレゼントしてくれた。帰り際、名刺と、財布から取り出した一万円札十枚を、恐縮する僕に無理やり握らせた。

礼を言いたかったが、涙で喉が詰まって言葉にならなかった。

帰宅してから早速スーツに着替え、鏡代わりの窓ガラスに映る自分の姿を見て思わずウットリした。

「私はミャーコのファンです」

「ご機嫌いかが。ミャーコのファンの者です」

「ゴルフとブランデー大好きな、ミャーコのファンですが」

嬉しくなって、そんな台詞を何度も呟いてみた。

一流のレストランには一流の客。一流のアイドルには一流のファン。

お花畑の花

ミャーコがゴールデンタイムの番組に出演する。

その情報がホームページで告知されてから一カ月、待ちに待った放送日がやってきた。深夜放送、地方のローカル局、ケーブルテレビなどを経て、ついにミャーコがキー局のゴールデンタイムの番組に出演する。ファンとして、この上ない喜びだ。

夜八時、某局にて番組は放送された。健康を題材にした番組で、その日のテーマにまつわるVTRをスタジオのゲストが見ていろいろなコメントをする。気の利いたコメントをミャーコが発言できることを祈りつつオンエアを見ていたが、余計な心配に終わった。スタジオにミャーコの姿はなかった。若干の不安を感じつつ待っていると、VTRの中にミャーコは登場した。

『サラサラ血液対 ドロドロ血液』

赤の全身タイツを着たミャーコが「私はドロドロ血液のドロ子」と言って床に這いつくばっている。その横をサラサラ血液のサラ子が「お先に失礼」と言って軽やかに追い抜いていく。

「待つドロ〜。くやしいドロ〜」とミャーコが苦悶の表情で右手を伸ばす。画面の右端に小さく映っているスタジオの映像。ミャーコより年下で、デビューしたての新人アイドルが失笑している。右手を伸ばしきったドロ子が「もう駄目ドロ〜」と力尽きる。

その痛々しさにたえきれず僕はテレビを消した。なぜ、ミャーコがこんなことをしているのか。可愛くて、優しくて、歌だって上手なミャーコがなぜ、ドロ子なのか。疑問が怒りに変わり、やがて悔しさに落ち着いた。

これが芸能界だ。学園一のマドンナや村一番の美人たちが全国から集まって、その美貌や才能を競い合う世界。そこで勝利を収めるのは生半可なことではない。仮にミャーコが普通のOLをしていれば、そんな戦いとは無縁に、会社や飲み会で男たちからチヤホヤされる毎日を送っていたに違いない。道端に咲いた花は誰の目にも美しく見えるけど、ミャーコはそれを選ばなかった。ところ狭しと花が並ぶお花畑で、ミャーコは咲くことを選んだ。

気を取り直し、そんなミャーコのために僕がしてあげられることを考えてみた。

ひょっとしたら、その花を指差して「あの花キレイだね」と周りの人に伝えることぐらいはできるかもしれない。

そう考えた僕は、その花の美しさを伝えるために、オンエア直後、番組のホームページにアクセスして、掲示板に書き込みをした。

「ドロ子、最高です！」

無駄な努力に終わっても構わない。でも、ひょっとしたら番組の関係者が見て、再びミャーコに出演を依頼するかもしれない。そんな可能性がわずかでもあるなら、できるだけのことはしてあげたい。直接仕事に繋がらなくても、それを見たスタッフが「評判良かったよ」の一言を言ってくれたら、ミャーコは喜んでくれるだろう。それで十分だ。なら、やれるだけのことはやろう。

　掲示板への書き込みは徹夜作業になった。同じことを何度も書き込んだって仕方がないので、僕はあらゆる角度からたくさんのメッセージを書き込んだ。

「ドロ子ちゃんナイスでした。我が家の6歳の息子も大喜びドロ〜(笑)」

「頑張れドロ子。サラ子をやっつけてドロ〜」

「ドロ子さんってモデルの方ですか？　すごく可愛いですね。情報お願いします」

「なぜか愛犬のチロちゃんも吠えなくなりました。ドロ子さんのお陰です」

「ドロ子グッズ販売してドロ〜」

「お爺ちゃんが死に際にドロ子さんを見て笑っていました。笑顔で逝《い》けて良かったです」

「なくしたリモコンが見つかりました。ドロ子ありがとう」

「私は勉強もスポーツもできなくて、学校では周りから白い目で見られていました。

それで不登校になり、母親にも迷惑をかけたのですが、ドロ子さんを見て勇気が湧いてきました。明日から学校に行きます」

「ずっと不登校だった娘が部屋から出てきて『私、明日から学校行くね』って言ったんです。ドロ子さん、本当にありがとう」

などなど、気がついたらすでに朝方で、百件以上も書き込んでいた。最後に一件、

「ドロ子、大好き」

と本当の書き込みがあって、それが泣きそうになるぐらい嬉しかった。と、同時に自分の嘘に紛れ込んでしまったのが残念になって、

「→これだけは本当の書き込みです」

と思わず書き込みそうになって、やめた。

帰って来たドロ子

例の番組にミャーコが再び出演することになった。僕の書き込みが後押ししたのか

は定かではないが、とにかく嬉しいことに変わりはない。

今回はスペシャル版で生放送だ。残念ながら今回もミャーコはドロ子としての登場だったが、少しランクアップしてVTRではなくスタジオ出演だ。

健康を題材にしたコーナーがいくつかあって、いよいよミャーコの登場。テーブルに並べられた様々な食材を前に、司会者が、

「さぁ、この中で血液をサラサラにしてくれる食べ物はどれでしょうか？」

とクイズ形式で出題すると、ゲストたちが正解の食材を予想して、それぞれ一品ずつ手に取った。

「なるほど。では正解はあるのでしょうか？」

もったいぶって司会者が言うと、おどろおどろしいクラシック音楽が流れると同時に後ろの扉が開き、ドロ子に扮した全身赤タイツのミャーコがスモークの中から現れた。

ミャーコは前回にも増してドロ子を演じきっていた。床を這いながら出てきたミャーコが、顔を歪め、悪魔のような声で「私の人生ドロドロ〜」と叫ぶ。司会者とゲストが、若干引いているのがわかった。確かに、そこまで迫真の演技は必要とされてい

なかったかもしれない。

「では、まず長ネギは正解なのでしょうか？　その長ネギでドロ子に触って下さい」

司会者が促《うなが》すと、長ネギを選んだゲストの熟年俳優が、

「絶対、正解だよ。長ネギは体にいいんだよ」

と言ってドロ子の頭を長ネギで小突いた。不正解だったらしくドロ子が「平気ドロ～」と勝ち誇った顔で熟年俳優に言うと、

「あれ、おかしいな。ネギは体にいいんだよ。俺、毎朝食べてるもん」

と言って再びドロ子の頭を殴った。今度は少し痛かったらしく、一瞬ドロ子の目が素になったのがわかった。が、すぐに「平気ドロ～」とキャラに戻った。

ここまでは順調な放送だった。問題はここからだ。

「そんなはずないよ。ほら、まいったって言えよ。ほら、どうだ」

と不正解に腹を立てたのか、熟年俳優は立て続けにドロ子の頭をぶん殴り始めた。途中で長ネギは折れてしまったが、それでも短くなった長ネギを手に握り、ほとんどゲンコツに近い形で「ほら、ほら、どうだ」と言ってドロ子の頭を殴っていた。「平気ドロ～」と言うスキがなかったらしく、ドロ子の「平…」とだけ言う声が何度か聞

こえた。

しまいには、もうネギとか関係なく熟年俳優はドロ子を蹴飛ばして、「おい、こら、まいったって言え」と大暴れしだした。全身タイツを引っ張りながら、ドロ子を振り回しては壁に投げつけて、「おらおら、魔女狩りだ」と言って倒れたドロ子の顔を上から足で踏んづけた。そんな状況になってもミャーコは必死に「平…」と、どうにか台詞を言おうとしていた。

司会者が止めに入って、すぐCMに変わった。そしてCMが終わると、「正解は納豆でした」と何ごともなかったような顔で司会者が言った。すでにスタジオにはミャーコと熟年俳優の姿はなかった。

次の日、スポーツ紙の一面に、熟年俳優が覚せい剤取締法違反で逮捕された記事が載っていた。

見送った恋

僕はアイドルに恋をしている。決して叶わぬ恋をしている。だからって、どうってことはない。仮に現実の恋をしたところで、それもどうせ叶わぬ恋なのだから。

人生で一度だけ現実の恋をしたことがある。相手は小学校、中学校と同級生だったYさんだ。美人で勉強もスポーツもできて、元気で優しくて、男子全員の憧れの的だった。僕も例外じゃなく、彼女を好きだった。しかし、それは叶わぬ恋だった。いや、叶えようともしなかった。僕は彼女に想いを何一つ伝えないまま、失恋した。

小学五年生の時、落とした消しゴムをYさんが拾ってくれたのに、「ありがとう」の一言が言えなくて後悔した。

数分後、「さっきは、ありがとう」が言えなくて後悔した。

次の日、「昨日はありがとう」が言えなくて後悔した。

それから僕は、中学三年生の夏、彼女が引っ越すまでの間、ずっと後悔していた。

そして好きだった。

当時から地味で女子に相手にされなかった僕に、Yさんだけはいつも話しかけてくれた。なのに、いつも僕は恥ずかしさを誤魔化すためにムスッとした顔をしていた。

Yさんが引っ越す当日、僕は駅に向かっていた。それが自分の気持ちを打ち明ける最後のチャンスだと思い、勇気を振り絞って行った。

　駅のホームに着くとYさんがいた。周りには見送りに来ていた女子数人が泣きながら別れを惜しんでいる。そして、目を真っ赤にしたYさんが僕に気づき、くしゃくしゃの泣き顔で無理に微笑んでくれた。その顔を見たら、別れがすごく辛くなって僕も泣きそうになった。

　口をひん曲げて涙を堪えていると、女子の一人が僕に気づいて近寄ってきた。そして、泣きながら僕に言った。

「なんか用ですかぁ？　なかったら、どっか行って欲しいんですけどぉ」

　僕が見ていると気が散って別れに集中できないとでもいうのだろうか。何がその女子の癇《かん》に障ったのかわからないが、突然、そんな言い方をされて困った僕は咄嗟《とっさ》に、「いや、これから塾」と返事をしてしまい、ちょうどホームに入ってきた電車に乗ってしまった。「扉が閉まります」のアナウンスが胸に響く。何かすごく大事な扉まで閉まってしまいそうで、僕は不安になって扉に手を伸ばした。しかし、時すでに遅し。左手の手首から先を扉が挟んだまま電車は発車してしまった。一瞬、ホームで驚いた顔のYさんと目が合う。僕は恥ずかしくて「ん？　どうかした？」とでも言いそうな顔で平静を装う。その状況での平静さは無理があることなど気づかずに。

左手に風を感じながら、僕は泣いていた。最後まで言えなかった「ありがとう」を胸の中で連呼しながら、僕は泣いていた。車内にいた酔っ払いの爺さんに、「そんなことで泣くんじゃねー」と説教され、途中から「そんでアメリカ兵をぶん殴ってやってよ」とワケのわからぬ武勇伝を語られようと、僕は泣いていた。

それが最初で最後、僕がした現実の恋だった。

遠い星になれ

ミャーコが咲いた。

熟年俳優の逮捕劇からミャーコの状況は一転した。

連日ワイドショーに出演して、ミャーコが例の番組での出来事を、

「怖かったドロ〜。三針縫ったドロ〜」

などと説明してるうちに、この「ドロ〜」が巷《ちまた》の小学生や女子高生の間でブレイク

した。それからミャーコは様々な番組に出演するようになり、ほうぼうで「おいしいドロ〜」や「彼氏欲しいドロ〜」などと言っては、番組を沸かしていた。もう全身赤タイツを着る必要もなく、いつもの可愛いミャーコの姿をテレビで見られるようになった。

例のホームページも、わざわざ僕が書き込まなくても何百という書き込みが入るようになり、その内容も「ドロ子」ではなく「ミャーコ」に宛てたものだった。

ときどき、トーク番組で僕が送ったファンレターの時事ネタを喋ってくれることもあって、共演者から「ミャーコちゃんは若いのに物知りだね」なんて言われ照れているミャーコを見て、自分のことのように嬉しくなった。

わずか一カ月前には握手会に四人しか集まらなかったミャーコも、今では完全に芸能界で市民権を得ていた。それはミャーコはもちろん、僕がずっと望んでいたことだった。前にも言ったが「売れたら遠くの存在になって寂しい」なんて僕は思わない。これは負け惜しみじゃなく、心から本当に嬉しいことで、それに安心もしている。

なぜなら、僕は苦しかった。ミャーコを本気で愛しているから苦しかった。朝起きてから、夜眠るまでミャーコを想う。この世の誰よりも何よりもミャーコを想う。

でも、その想いは決して叶わないとわかっていた。わかっていたが、それでも望んでしまう愚かな自分がいた。万に一つの可能性を夢見てしまう。ミャーコと街を歩き、公園のベンチに座り、笑顔で話す僕たち二人を想像した。僕だけのミャーコでいて欲しい、それが僕の本音だった。

でも、それを望めば望むほど、アイドルとファンという現実の関係が僕を苦しめた。ミャーコを好きになった時点で僕は失恋していた。そのことに気づかないフリをして、僕は彼女を追いかけていた。ミャーコが遠くに行ってくれれば、その馬鹿げた希望も消えてくれそうな気がする。この苦しみも少しは和らいでくれるはずだ。

下積みからミャーコが卒業したように、これで僕も、晴れてミャーコから卒業できそうだ。もちろん、今すぐに忘れることはできないだろうから、少しずつ距離を置いていこうと思っている。新たな恋もしたい。今度はアイドルじゃなくて、普通の人を好きになってくれよ、そう自分にお願いする。

いつかの元ホームレスにもらった名刺を取り出し、そこにある番号に電話をかけた。

「僕、社会復帰できました」

そうか良かったな、と彼は自分のことのように喜んでくれた。

電話を切り、滑りの悪い窓ガラスを開けると春の冷たい風が舞い込んできた。

確か、あの夜もこんな風が吹いていた。

拝啓、僕のアイドル様

今から四年前、深夜のラーメン屋で遅い晩御飯を食べながら、何気なく見ていた深夜番組に水着を着たアイドルたちが映し出された。確か尻文字でシリトリをするようなくだらない放送だったと思う。

それを見て、僕は驚いた。アイドルの中の一人に見覚えのある顔があった。それは紛れもなく初恋の相手Yさんだった。僕は口から心臓が飛び出そうだったが、心臓の代わりにラーメンを噴出して店主が迷惑そうにそれを片づけていた。

「そんなワケない」

女の胸につけられたネームプレートには「武田みやこ」と書いてあるし、ただの似ている人だろうと思うことにした。だが、しばらくして首を横に振った。

「そんなワケない。あれだけ好きだったYさんを他の誰かと見間違えるワケがない」

よく見ると、ネームプレートに書かれた年齢と出身地もYさんと同じだった。僕は確信した。「武田みやこ」と、僕の好きだったYさんは同一人物だ。

食い入るように番組を見ていると、最後にYさんが秋葉原でやる撮影会の告知をしていたので、それを僕は慌ててメモした。

そして翌週、僕はメモを手にイベント会場の前に立っていた。

会ってどうするのか、目的は自分でもわからなかった。でも、会う理由は単純だった。彼女に会いたい、それだけだった。

しかし、アイドルの撮影会など経験のなかった当時の僕には、会場に入る勇気がなかった。入り口まで行っては怖気《おじけ》づいて、帰ろうと思うのだが、やはり会いたい。そんなふうに迷っているうちに撮影会は終了時間を迎えてしまい、諦めかけたその時、タイミング良く会場を出るYさんを見つけた。Yさんは何人かのファンに囲まれて一緒に写真を撮ったりしていた。カメラに向けるYさんの笑顔は当時のままで、それを見ている僕のYさんを想う気持ちも当時のままだと知った。

僕は邪魔にならないよう、しばらく待ってファンがいなくなってから声をかけた。昔みたいにムスッとした顔じゃなくて、多少は強張っているけど笑顔で、「やぁ」と声をかけた。するとYさんは、あの頃と同じ大きくつぶらな瞳で僕を見つめ、言った。

「こんにちは。どうでしたか？　今日のイベント。あんまりミャーコ上手く喋れなくて」

Yさんは、僕を忘れていた。何の疑問も持たず僕をファンの一人として見ていた。小学五年生の時に消しゴムを拾ったことも、引っ越す日に僕が電車の扉に手を挟んだことも、まったく思い出す様子はなかった。僕が初めて愛した、たった一人の女性は僕のことなど忘れていた。その状況で「僕です。思い出して下さい」なんて惨めなことが言えるはずもなく、「応援してます。これからも頑張って下さい」と言って、その場から走って逃げ出した。

それから僕はミャーコのファンになったんだ。

でも考えたら、ずっと昔から僕は君のファンだったね。

僕は君のファンで、君は僕のアイドルだったね。

ピンボケな私

夢の始まり

二十歳、フリーター、女、A型、高卒、茶色のショートで、百五十八センチの細め。

これぐらいかな。これぐらいしか私は胸を張って自分を語れないかも。

他のことは自信ないな。

どんな人間で、何を思って、何のために生きてるのか。

自分でもよくわかってない。


一応、今の夢はカメラマンってことにしてる。

何で「一応」なんて、そんな回りくどい言い方するのかっていうと、それが本当に私の夢なのか、それさえも自信がないから。

前に地元の皆と飲んでる時だったかな。ダンサーになるとか、美容師になるとか、皆が自分の夢を語り始めたの。皆がちゃんと将来のことを考えてるなんて知らなかったから、すごく驚いた。そんな中、私だけが夢を持っていないのは何だか恥ずかしかったし、置いてけぼりにされたみたいで悔しかった。それで、ついつい勢いで言っちゃったの。

「私は絶対にカメラマンになるんだ」

何で、あんなことを言っちゃったのかな。そんな夢、思ったことなんて人生で一度もないのに。たまたま前の日、テレビでカメラマンのドキュメンタリー番組を見てたから、それで言っちゃったのかな。

ミキも驚いてた。そりゃ、そうだよね。高校の頃からずっと一緒で、お互いに何でも知ってる仲なのに突然、聞いたこともない夢を私が語り出したんだからね。

「写真の力ってすごい。どんな言葉よりも、写真一枚がすべてを語ってくれるの」

引くに引けなくなって、そんなことを偉そうに言ったけど、本当はテレビで見たカメラマンが言っていたのをそのまま借りただけ。皆が興味津々に頷いてるのを見て、ちょっと後ろめたい気持ちもしたけど、悪い気はしなかった。たとえ嘘でも、皆の前で夢を語るのって気分が良かった。

でも、どっかで聞いたような気がする、と隣にいるミキが言った一言で冷や冷やした。どうやらミキも同じ番組を見てたらしく、それが何だったか思い出そうとしてた。

「へ、へぇ、そうなんだ。まぁ、カメラやる人間にとっては常識だからね」

それで納得してくれると思ったけど、それでもミキは人差し指を顎に当てて、なお思い出そうとしてた。

このままじゃ、嘘の出所がバレちゃう。そう思った私は、

「あっ、そういえば十月二十三日にテロがあるんだって」

インパクトの強い話題でミキの気を逸らしたの。さすがにミキも、こっちのほうが気になったみたいで、やっと思い出そうとするのをやめてくれた。もちろんテロの話は真っ赤な嘘。

でも適当に言ったはずの嘘なのに、その場にいた友達が彼氏にメールで伝えちゃって、それがチェーンメールみたいに一気に広がっちゃったの。

「十月二十三日はXデーなんだって。友達が外国人に道を尋ねられて、教えてあげたんだって。そしたら、親切にしてくれたお礼にって情報をくれたらしい」

嘘の上に嘘が重ねられた、そんなメールが私にも届いた。

そしてこれまた、我ながら馬鹿みたいな話なんだけど、次の日、ついた嘘を嘘じゃ

なくするためにカメラを買ったの。もちろん嘘がバレるのも恥ずかしかったんだけど、自分だけ夢がないってのも恥ずかしかったから。

本当は大きなレンズの本格的なカメラのほうが良かったんだけど、高いし重そうだから、薄くて軽い名刺サイズのデジカメにした。それでも三万円もしたんだよ。フリーターには痛い出費。だから、お金はお父さんの部屋から盗んじゃった。二十歳にもなって何してるんだろって思ったけど、大人になったらちゃんと返すつもり。それにしても、お父さんもお父さん。お金を隠す場所を変えてくれたら、私だって盗めないのに。デスクの一番大きい引き出しの中に入ってる英英辞典のQとRの間。昔からずっとそこ、私が中学生の頃から。

でも、今回は少しだけ違ってた。そこの引き出しに黒い革の鞄が入ってて、中には汚いボロボロの服が入ってたの。そんなもの隠す必要もないし、持ってる必要もないでしょ。だからといって、それが何なのかお父さんに訊いたらお金を盗んだのバレちゃうし、黙って元に戻しておいた。

でも、不思議。実際にカメラを手にしてみると、適当に言ったはずだったカメラマンになる夢が、本当の夢になったような気がしたの。

そんなことで、私の夢は「一応」カメラマン。

哀しきメモリー

カメラマンになったのはいいけど、いきなし挫折。

もう、とにかくデジカメの説明書が読む気しない。教科書みたいに偉そうにブ厚い説明書が二冊もあるんだよ。それで中身も教科書みたいに面白くないの。そんなの読む気しないでしょ。

手探りでいろいろとイジってるうちに何とか撮れるようにはなったんだけど、今度はそれをプリントする方法がわからないの。パソコンに繋ぐとプリンターで写真みたいに印刷することができるらしいんだけど、パソコンの設定が難しすぎ。

だから今のとこ、撮った写真はデジカメ本体に付いてる小さな画面で見るしかない。しかも、全部で十六枚しか撮れないの。なんか別売りのメモリーカードってのを買えばいいらしいんだけど、本体だけだと十六枚しか無理なんだって。

これ、ほとんどサギ。試しに六枚撮っちゃったから、あと十枚だけ。しかも、試しに撮ったのって足の爪とかエアコンとか変なのばっかり。削除しようと思ったんだけど、そのやり方もわかんない。電池抜いてみたりしたんだけど、ちゃんと撮ったの憶えてんの。ほんと頭くる。電池抜いてるんだから、機械なら機械らしく忘れてよね。

もちろんメモリーカードってのを買おうとは思ったよ。でも、電器屋に行ったんだけど、メモリーカードコーナーみたいなとこにいっぱい並んでて、どれを買っていいかわかんないの。

店員に訊けばいいんだけど、私って人見知りで店員と話すの苦手なんだ。誰か友達と一緒なら平気なんだけど、一人だと弱気になっちゃう。だから美容院とかも、いつも同じ人に切ってもらってるの。その人そんなに上手くないんだけど、他の人と喋るのが嫌だから、その人に切ってもらってるの。服もデザインより店員を優先してる。だからブランドものが少ないの。ちゃんとしたブランドのショップは社員教育がしっかりしてるから、妙に話しかけてくるでしょ。それよりも売り上げなんか気にしない無愛想なバイトばっかりのショップが私は好き。

でも、いくら眺めても、どのメモリーカードを買ったらいいのかわからなくて、今回ばかりは諦めて店員に自分から話しかけたの。

「デジカメのメモリーカードはどれですか？」

そんな一言でさえも頭の中で何度か復唱してから言ったの。そしたら、その店員、

「どちらのカメラを御使用ですか？」

って逆に訊いてくんの。意味わかんないでしょ。質問に質問で答えるなって学校の先生に教わりませんでしたか？　質問してるのは私ですよって、その店員に言ってやりたかった。

けど、店員に弱い私にそんなことが言えるわけない。

「いや、あの、どちらのっていうか、普通のデジカメなんですけど」

店員の聞きたい答えじゃないってことはなんとなくわかってたんだけど、私のデジカメがどこのメーカーかなんてわかんなかったから。

「お客様、デジカメと申しましてもメモリースティックやSDカード、あとコンパクトフラッシュなどもございますが」

店員の人、まるで子供に話しかけるみたいに優しく言うから余計に恥ずかしくなった。私、動揺して赤面してるのがわかった。もう、その場から走って逃げたい気分。

でも、そんなの格好悪いから、私は勢いで言ってやった。

「あ、えっと、スティックのやつです」

はっきり言ってコレ適当。店員の出した三択から勘で選んだの。

しかも、その勘は大ハズレ。

家に帰っていろいろと試したんだけど、デジカメのどの部分にもスティックが挿せないの。よく見たら、思いっきりSDって書いてある。でももったいないし、どうにかなるんじゃないかなって思っていろいろやった。

だって、ミキに聞いたんだけど、ケイタイの充電器も差込口の形が違うだけだから、ちょっと爪ヤスリとかで削ると、違う会社のケイタイでも充電できるようになるんだって。偉そうにデジカメだとかメモリーカードとか言ってるけど、機械なんてしょせんは機械だからね。

だから私、頑張ったんだ。買ってきたメモリースティックを爪ヤスリで少しずつ削って、三時間ぐらいかかって、そのメモリースティックを三分の一ぐらいの大きさにしたの。もう床のそこら中、メモリースティックのカスだらけ。人生でいろんなカスを見るけど、メモリースティックのカスを見るのは、それが最初で最後だろうね。でも、その甲斐あって、SDカードが入るところに、小さくなったメモリースティックが見事ぴったり入った。

でも、ただ入っただけ。デジカメの電源入れても、デジカメは知らんぷり。そこに何か入ってることにも気がついてないみたいだった。

しかも、強引に入れたせいで今度は詰まって出てこなくなったの。安全ピンで引っ掛けて出そうとしたけど失敗して、勢いで親指に針がブスッて刺さって血が出た。人を出血させておいて、よくも「安全ピン」なんて名乗れると思わない？　名前負けもいいところ。

もう泣きたかった。店員の前で恥かいて、カスだらけになって小さくしたうえに、出血までしたんだよ。

しかも、こうなったら修理は無理でしょ。だって、店に持ってって何て言えばいいの？

「小さく削ったメモリースティックが詰まって出てこないんです」

なんて絶対に言えないでしょ。

だから、私は開き直って決めたんだ。

このカメラは全部を撮りきったら、それで終わりのカメラなんだって。すごーく、すごーく高い、使い捨てカメラなんだって。

だから、あと十枚なの、それがこのカメラに残された寿命なの。

恋の証明写真

残り十枚になったデジカメの寿命だけど、早速一枚撮っちゃった。

ミキが大学の友達と飲んでるって言うから、ちょっとお邪魔したんだけど、そこに、すごいタイプの人がいたの。私やミキと同い年でタクミ君って言うんだけど、女の子みたいに綺麗な顔してて、それでいてすごい優しくて面白いの。もう完璧。

会って三十分ぐらいしか経ってないのに胸がバクバクしてきて、緊張して何にも喋れなかった。もう、こんなに喋れないんだったら、いっそのこと喋るのやめようと思って、他の席に移って他の人とばかり話して彼とはほとんど話さなかった。

それでときどき、タクミ君とチラッと目が合うんだけど、すぐに私は興味なさそうに目を逸らすの。もちろん緊張して目を合わせられないって部分もあるんだけど、意図的に目を逸らしてる部分もある。

昔からそうなの。気が小さいから、好きな人に好きって言えないし、好きってことを気づかれないようにしちゃう。想いはすごく伝えたい、でもできない。

そんな私が想いを伝えられる方法はただ一つ。

好きなことを気づかれないようにしてることを、相手が気づくのを待つ。

だから、ただ目を逸らすだけじゃなく、少しオーバー気味に目を逸らすの。

それが遠回りだってことは自分でもわかってる。ほんと面倒くさいでしょ。でも仕方がないの。子供の頃から、そうだったから。欲しい物があっても親には直接言わないで、欲しいものを絵に描いたりして親が気づいてくれるのを待ってた。

我ながら馬鹿みたい。それで実った恋なんて過去に一度もないのにね。

だから、これじゃ駄目だよ、また失恋して終わりだよって自分に言い聞かせて、最後に勇気を振り絞って、

「一緒に写真撮ろう」

ってタクミ君に言った……というよりか、正確には、タクミ君の隣にいるミキにも

言ってるように見えなくもない微妙な角度で言ったのかな。

「えっ、俺？」

微妙な角度を判断しかねたタクミ君が訊いてきた。

「あ、じゃ、撮ろうよ」

本当はミキと撮ろうと思ってたんだけど、というニュアンスを少し込めて私は言った。

そしたら彼、すっごい優しい顔で、

「うん。撮ろうよ」

って言ってくれた。しかもタクミ君がカメラを持って、レンズを二人のほうに向けて撮ったの。カップルがやるみたいに肩を組んで一緒に。胸がドキドキしてたの、きっとタクミ君にバレちゃってたと思う。それは、雰囲気とかじゃなくて、物理的に心臓の鼓動で。

帰り際、彼にケイタイとメルアドを訊かれた。彼がポケットからケイタイを取り出したのを横目で見た瞬間、訊かれるって予想して飛び跳ねたいくらいに嬉しかった。なのに、私は、「あっ、まぁ、いいけど」なんて気のない返事をしてた。

恋の突風

今、私に来てる。幸せの風が私に向かってビュンビュンと吹いてる。

この一週間、タクミ君にメールを打ちたくても、何を打っていいのかわからなくて悩んでたの。そしたら昨日、なんとタクミ君のほうからメールが来た。

「今夜ヒマ？　よかったら飲もうよ」

私、嬉しくて鳥肌が立った。「寒い」とか「怖い」って以外に鳥肌が出たのはそれが初めて。

「ありがとう。もう全然ヒマ。っていうか忙しくても行く。どこに何時に行けばいい？」

本音で打てばメールはそんな内容になるのかもしれない。けど私は、

「少しなら大丈夫だよ」

って打って、すぐに送信しないで三十分ぐらい待ってから送ることにした。相変わ

らず面倒くさいでしょ。でも、結局は三十分も待ちきれなくて十分ぐらいしたら送っちゃったけどね。

そして夜、タクミ君と中野の駅で待ち合わせをしてから、小さな居酒屋へ行って、カップルみたいにカウンター席に並んで座った。

「写真の力ってすごい。どんな言葉よりも、写真一枚がすべてを語ってくれるの」

私、また同じこと言った。カメラマンになる夢があるとかって言えば、ちょっと魅力的な女ってタクミ君が思ってくれるかなって。でも、タクミ君はあまり興味がなかったみたい。「あぁ、そうなんだ」って言ったまま、その話は終わった。

お互いミキのことなら知ってるから、ミキとの高校時代の話をしたけどそれもイマイチで、慌てて話題を探した。でも盛り上がりそうなのが何も思い浮かばなくて、仕方がないから家を出る前に見てたテレビの話をした。心底どうでもいい話で、話しながら私なに言ってるんだろって思ったけど、偶然タクミ君もその番組を見てたらしく、意外にもその会話が一番盛り上がった。

その店で一時間ぐらい飲んでから、店を出てタクミ君のアパートに行ってセックスした。

誤解しないでね、私は別に軽い女じゃないの。ただ、映画とか見ててもそうでしょ、劇的な恋愛って展開が早いの。だって、『タイタニック』の二人も会ってスグに車の中でセックスしたでしょ。そういうことなの。うん。そういうことなの、多分そうなの。

落ちる女

セックスしながら、私は考えてた。こういうことになった二人なワケだから、やっぱり付き合うってことになったのかなって。そこら辺をタクミ君に訊きたいなって、セックスしながら考えてた。でも、

「私たち、付き合うの？」

なんて訊けないでしょ。そんなのって品がないし、寂しい女みたいでイヤ。

でも、やっぱり訊きたかった。

だから、セックスが終わってから訊こうって決めた。けど、終わったらタクミ君、

おやすみも言わないでスグに寝ちゃった。起きて欲しかったけど、寝てる男を起こすような駄目な女じゃない。それじゃ起きてからにしようと思って、私も寝ようとしたんだけど、ベッドが小さくて寝られないの。タクミ君の邪魔にならないように、ベッドのギリギリのとこで寝ようとしたんだけど、体がベッドからハミ出てた。プルプル震えながら一生懸命にバランス取ったんだけど、やっぱり落ちちゃった。落ちる時に「あっ、こりゃ落ちるな」ってわかったんだけど、ひょっとしたら落ちた物音でタクミ君が目を覚ましてくれるかもしれないって期待もあったから、ワザと抵抗せずに落ちたの。これで起きちゃった場合は不可抗力だから、駄目な女じゃないでしょ。

「……あっ、大丈夫？　怪我ない？　ゴメンね、小さいベッドで」

「全然平気。けど、もう落ちないように今度は抱きしめながら寝てくれる？」

「ははっ。わかった。おいで」

「ニャんっ」

なんて想像をしながら、私、素っ裸でベッドから落ちていった。そしたら床にあったテレビのリモコンが骨盤に当たって痛い、痛い。思わず、乙女らしからぬ野太い声で「うぐっ」て言った。その後、改めて可愛らしい声で「いったーい」って言ってゆっくりとベッドのほうを見たけど、タクミ君おもっきし寝てた。

テレビのリモコンをどかして、ベッドに戻ってから、しばらくしてまた落ちた。今度は、もっと大きい音がするように体全体を大きく広げて床にぶつかる面積を大きくした。ちょっと恐怖心もあったけど、気合を入れて重力に逆らうことなく無心で落ちた。そしたらビタンって大きな音がしたけど、タクミ君はまだ起きなかった。

そんなことをしてるうちに、次の日バイトが早番だってことを思い出したの。服を着ようと思って、下着を捜したんだけど暗くて見つからないの。電気つければいいんだけど、それでタクミ君を起こしちゃうのは駄目な女だから電気はつけれないでしょ。そこで私は思いついたの。

どうにか手探りで見つけた自分のバッグからカメラを取り出して、それで部屋の中を撮った。一瞬のフラッシュだったらタクミ君も目を覚ましたりしないでしょ。で、撮った写真をモニターで確認しながら下着を捜す。我ながら、なかなか機転が利く。

お陰で三枚も撮っちゃったからカメラの寿命は残り六枚になっちゃったけど、無事に下着を見つけて、私は家に帰った。ちょっと出費が痛いけど、電車もまだ走ってない時間だったからタクシーで帰った。タクシーのラジオから大昔に流行ったラブソングみたいのが流れてて、タクミ君と私を歌に重ねて聞いてた。

「なんかいいことあったの？」

って、運転手さんに言われて、無意識に笑顔になってる自分に気がついた。

でも曲が終わって、DJが、

「ペンネーム、アメリカ兵を殴った男さんからのリクエストでした」

と言うのを聞いて、せっかくの素敵な気分も台なし。まったく、もう少しまともなペンネームにしてよね。

家に帰って、早速ミキに報告の電話。もう朝方近くだったから、やっぱ寝てたみたいで、ちょっと機嫌悪かったかな。でもタクミ君は起こしちゃ駄目だけど、ミキはいいの。それが親友ってもんなの。

電話を切った後、ベッドに入っても、なかなか寝付けなかった。なんとなくベッドの端に体が行っちゃう。さすがに、落ちたりはしなかったけど、ベッドの空いてるほうを薄目で見て、そこに寝てるタクミ君を想像してニヤけてた。

そうだ。

ベッドから飛び出してパソコンの電源を入れた。タクミ君と盛り上がった居酒屋での会話を思い出して、その番組のホームページを開いたの。そして、そこの掲示板に「ドロ子、大好き」って書き込んだ。だって、あの会話が盛り上がったから、私は今こんなに幸せな気分なんだもん。ドロ子のお陰でしょ。でも、私が書き込む前にいろんな人たちの書き込みがたくさんあって驚いた。

ドロ子って人、すごい人気なんだね。

マヌケさん

あれから、タクミ君にメールしても返事が来ない。電話しても出ないし、ひょっとしたら事故に遭ったりだとか病気でもしてるのかも。

やめてよ、神様。

確かに、二人の出会いは劇的だったけど、そこまで劇的な恋じゃなくてもいい。お願いだからタクミ君が無事でありますように、お願いだから……。

心配で心配で生きた心地がしなかった。だから私、タクミ君の部屋に行っちゃった。部屋の扉をノックしたら、タクミ君が出てきて少し驚いた顔をしてた。タクミ君の頭の先から足の先まで全部を見たけど、包帯とか巻いてないのを見て、私、やっと安心した。

「連絡が取れないから、心配して来ちゃったの。大丈夫？」

「あー、そう。ごめん、ごめん。ケイタイなくしちゃってさ」

なんだか全部が私の早トチリだったみたい。確かにそうだよね、嫌なことばかり想像して心配しちゃったけど、もっと冷静になって考えるべきだった。

「入ってもいい？」

「あ、うん、どうぞ」

部屋には、タクミ君の友達が遊びに来てた。お酒を飲んでたみたいで、二人とも少し顔を赤くしてた。久しぶりに会えたのに二人っきりじゃないのは少し寂しかったけど、私が何も言わないで来たんだから、それは仕方がないよね。

でも、しばらくしてその友達が、

「ちょっと買出し行ってくるよ」

って言って部屋を出てってくれたの。友達には悪いけど、ちょっとラッキー。これで久しぶりにタクミ君と二人っきりになれたもんね。きっと、タクミ君も二人っきりになりたかったんだと思うな。だって、友達が出てった瞬間に私のことを抱き寄せてキスしたんだよ。

そして、セックスもしたの。

前の時よりも激しかった……っていうか、雑だったっていうか、早かったっていうか、とにかく前のときのほうが良かったかな。

セックスが終わると、すぐに友達が帰ってきた。

もう間一髪。危うく見られるとこだった。

「いやー、参ったよ。道わかんなくてさ」

「いいよ。だったら俺が買ってくるから」

今度はタクミ君が部屋を出て行っちゃった。まったくマヌケな友達が道に迷ったせいで、せっかくの二人っきりの時間がすぐに終わっちゃった。しかも、今度はマヌケと二人っきりになるだなんて、もう最悪。

なんて思ってたのに、気がついたら私そのマヌケとセックスしてた。

誤解しないでね、本当に私は軽い女じゃないんだよ。でもね、そのマヌケが土下座しながら私に言うの。

「頼むよ。俺ずっとヤッてないんだよ。お願いだよ。スグに終わるからさ」

目をウルウルさせながら、いくら断っても何度も何度も。なんか、それ見てたらすごいかわいそうな人に見えてきて、絶対にタクミ君には言わないって約束で一回だけしたの。

終わってから「また会おうよ」ってマヌケにメルアドを渡された。まったく天性の図々しさでしょ。絶対にまた会ってセックスさせてって言うんだよ。どうせ「一回したんだから、二回も同じだろ」とかって言うに決まってる。

しばらくするとタクミ君が帰って来た。でも、コンビニに行ったのに、手には何も持ってなかった。

「あれ？　買い物は？」

「いや、財布忘れちゃったんだ」

そんな、うっかり屋さんな部分も可愛いタクミ君。

その夜は、そのままタクミ君の家に泊まった。本当はタクミ君と一緒にベッドで寝たかったんだけど、マヌケがいたから遠慮したんだと思う。タクミ君はベッドで、私とマヌケは床で寝たの。そしたらマヌケの奴、夜中に早速迫ってきた。

「一回したんだから、二回も同じだろ」だって。ほんと絵に描いたマヌケっぷり。

タクミ君が起きちゃうんじゃないかってヒヤヒヤしながら小声で何度も断ったんだけど、マヌケがしつこくて仕方がないから、寝たフリをしながら、その文字通り片手間にしてあげたの。

昼過ぎに目を覚ましてから、大学へ向かう二人と一緒に部屋を出て、駅の改札でバイバイした。

電車を待ってる間、ホームでメールを打った。

「昨日は突然、行っちゃってゴメンね」

でも、送信してから、タクミ君がケイタイをなくしたことを思い出した。

そして、昨日の夜のことがちょっと心配になって、すぐにマヌケにもメールを打った。

「昨日のこと、絶対に内緒だからね」

これで、大丈夫。
ケイタイをバッグに戻し、顔を上げた。
向かい側のホームに電車を待ってる二人の姿を見つけた。
けど、二人は私に気がついてなかった。
マヌケがポケットからケイタイを取り出した。きっと、私のメールだ。
そしてマヌケが笑いながら、そのケイタイの画面をタクミ君に見せた。
タクミ君もそれを見て笑った。そしてポケットから自分のケイタイを取り出した。
なくしたはずのケイタイ。それをマヌケに見せて、タクミ君は笑った。

女の開眼

もっと泣いたり、怒ったりするのかと思った。だって遊ばれたんだよ。でも、そんな気持ちにならなかった。なんて言っていいのかわからないけど、ガッカリっていうのがいちばん近いかな。すっごい楽しい夢を見てて、目が覚めちゃった時みたいな。でも不思議だね。遊ばれたってわかった瞬間、あんなに格好良かったタクミ君が全然格好良く見えないの。目が釣りあがって、口が大きく横に広がって、どんどん悪魔みたいに見えてくるの。悪魔が二匹、ホームでケケケッて笑ってるの。

私、バッグからデジカメ出して悪魔を撮ったの。私が感じて、見てる世界を写真に残したいって思った。変な話だけど、私その時初めてカメラマンになれた気がした。

フラッシュに気がついた悪魔がこっちを見て、動揺してた。慌ててケイタイをポケットにしまって、強張った笑顔でこっちを見た。困った顔の悪魔ってのも何だか面白くて、またシャッターを押した。電車に乗り込んだ二匹の悪魔が車内から恐る恐る私を見てるから、またシャッターを押した。走り始めた電車も追っかけて、またシャッターを押した。中で悪魔二匹がこっちを見ないように下を向いてた。けど私、必死に追っかけてまたシャッターを押した。

ホームの端っこまで来て、息をヒーヒーさせながら、その場にグタッて座り込んだ。ちょっとずつ息が戻って、落ち着いてきたら、やっと悲しくなってきて、私は泣いた。

駅員さんが来て、私は駅長室に連れていかれた。きっと、駅員さんは私が電車に飛び込むと思ったみたい。でも、私も私で電車が来たら勢いで飛び込んじゃうかもしれないと思ったから、素直に付いていった。

駅員さんは親に迎えに来てもらうって言ってたけど、それは嫌だからミキに電話して来てもらった。

迎えに来てくれたミキとホームのベンチに座って、電車を待った。私、また泣いてた。電車が来ても乗らないで、何本もやり過ごした。ミキも何も言わず、横に座っててくれた。ミキは優しいから、そういう時に何も訊いてこない。私が喋るまでは訊いてこない。

「あのね……」

やっと落ち着いて、全部をミキに話した。

家に帰ってバッグからデジカメを取り出し、モニターに映った写真を見た。

「私が感じて、見てる世界を写真に残したいって思った。変な話だけど、私その時初めてカメラマンになれた気がした」

あの時はすごく気持ちが入ってて、本当に心から思っていたことだったんだけど、その気持ちとは裏腹に出来栄えは最低だった。

デジカメに写ってたのは、ただのホームと電車。悪魔なんてどこにも写ってない。たまたま写ってた、髪の毛を紫に染めたおばあちゃんが悪魔に見えなくもないけど、別に悪魔っぽい人を見つけたって仕方がない。電車を追っかけて最後に撮った写真なんて、単なる人差し指のアップだった。

やっぱ勉強しないと、ちゃんとしたカメラマンにはなれないんだね。しかも、そんな変テコな写真を撮ったせいで、デジカメの寿命も残り一枚になっちゃった。

荒野のカメラマン

私が何したって言うの？

何で、私がこんな目に遭わなきゃならないの？

落ち込みも、日が経つにつれて今度は怒りに変わってきた。

私、このまま泣き寝入りするのなんて絶対にイヤ。なんか復讐したい。タクミの馬鹿を懲らしめたいの。でも、はっきり言って何をしていいのかわからない。この場合って普通は多分、相手の家に行って手首を切ったり、無言電話を何百回もかけたりするんだろうけど、そういうのってスッキリしないからイヤ。もっと、パーッとする仕返しがしたいの。

だから私ビンタすることにした。やっぱ、これが一番でしょ。ドラマのヒロインみたいで。しかも、タクミのビンタされて泣きそうな顔をデジカメで撮ってやるの。それが最後の一枚。素敵なフィナーレでしょ。

早速、ビンタの練習。せっかくだったら、バチーンっていい音させたいでしょ。だから、力一杯ビンタする練習をしたの。でも、あんま必死な顔して叩くのも格好悪いから、ちょっと余裕の表情でやるの。できるだけビンタした直後の新鮮な表情を撮りたいから、デジカメは左手に持って、ビンタした直後にパシャって撮るの。バチーン、パシャ。バチーン、パシャ。練習してたら、この一連の動きが相当速くなった。なんか西部劇に出てくる早撃ちのガンマンって感じ。

パチーン、パシャ。

そして、いよいよ練習の成果を試す日。

私は決戦の舞台にタクミの通ってる大学を選んだ。別にタクミのアパートでも良かったんだけど、周りにギャラリーがいたほうがタクミも恥ずかしい思いをするでしょ。しかも、授業中ね。いきなり教室に入っていって、学生たちがザワザワってする中、バチーン、パシャ。それで去り際に一言。

「女を馬鹿にしてると、こういう目に遭うの。いい授業になったでしょ、学生さん」

もう想像しただけで最高の気分。しかも、想像の中では教室の学生たちから拍手で見送られちゃう私なの。

でもでも。大学に行ったはいいけど肝心のタクミが見つからないの。だって、大学って馬鹿みたいに広いんだもん。クタクタになりながら、教室とか広場とかいろんな場所を探し回ったんだけど、奴がどこにもいないの。やっぱタクミの家に直接行ってやろうかなって諦めかけた時に、あの例のマヌケが前方から歩いて来た。

マヌケは私のことを見た途端に顔を青くして逃げようとしたから、ダッシュで捕まえた。そして、自分でも驚くぐらい何の躊躇《ちゅうちょ》もなく、とりあえず練習がてらにバチーンってマヌケのことをビンタしたんだけど、マヌケったら泣きそうな顔してホッペを押さえてた。その顔が最高すぎて思わずパシャってしたくなったけど、あと一枚しかないのをマヌケに使うのはもったいないから、本番用に残しておいた。

「タクミはどこにいるの？」

「今日はいないよ。っていうか、しばらく来ないって」

「えっ？　何で？」

「何でって、怪我してるからだよ。顔の腫《は》れが引くまでは来ないってさ」

「どうしたの？」

「知ってるだろ。自分が友達に頼んで、タクミを殴らせたクセに」

「……私の友達がタクミを？」

そんなことをする友達なんて……。

その友達の名前をマヌケから聞いて、私は地元に帰りミキの家に向かった。

「あっ、こんにちは。あのミキ……じゃなくてユウスケ君いますか？」

三木と書かれた表札の横にあるインターホンに向かって言った。しばらくすると、玄関のドアが開き、顔中に絆創膏《ばんそうこう》を貼った三木雄介が出てきた。

終わりの一枚

高速道路の下にある小さな公園。ブランコの周りを囲んだ柵に私と、大きな体を小さく丸めた三木が腰掛けていた。赤のペンキで塗られた太く頑丈に造られた鉄柵も、象のように大柄な三木の体を支えるには頼りなく見える。ボサボサになった頭を爪で掻きながら、三木が、ふん、ふん、と強く呼吸した。高校の時に知り合ってから、二人の間にこんなにも長い沈黙が流れたことはない。遠くから聞こえてくる車の音が徐々に近づいてくると、二人の沈黙の隙間を抜けて、また遠くなっていった。

「それ痛い？　ごめんね。いつも迷惑かけて」

「べ、別に」

三木が大きな靴の爪先で地面の小さな石を転がしながら、低い声で言った。再び、沈黙の隙間を車が何台か走り抜けていく。さっきよりも、その音は大きく聞こえた。

「あのさ、憶えてる？　私が転校してきた日のこと。私、てっきり給食だと勘違いしてて、お弁当を持ってこなくてさ、隣に座ってた三木にパン代を借りたの」

今までも、二人が出会った日のことは何度も話した。けど、それを笑い話じゃなく話すのは初めてだった。

「考えたら、あの時から私ずっと迷惑かけてるね」

「べ、別に」

「べ、別にって、それ口癖？」

「あ、いや、べ、別に」

三木が立ち上がってブランコに腰かけたので、私もその横のブランコに並んで腰かけて、一緒に揺れた。車の音、ブランコの揺れる音、普段は聞こえない音が聞こえてくる。そして、何かを決意した三木が大きく吸った息を大きく吐き出す音が聞こえた。

「……お、お金、つ、次の日でも良かったのに。あ、あの日、わざわざ、あ、雨の中を濡れながら家まで来て、そ、それで、笑いながら『財布、忘れちゃった』って。あ、あの時から、ぼ、僕は、し、心配で、あ、あの時から、ずっと、ぼ、僕は、ぼ、僕は……」

顔を真っ赤にした三木が呼吸を荒くして生唾を何度も飲み込んだ。そして、吸いすぎて胸が破裂してしまうんじゃないかってくらいに、息を吸った。ブランコから降りて、背筋を伸ばすと大きな体はさらに大きくなって、私はその顔を見上げた。

「あ、あの時から、ずっと、ぼ、僕は、僕は、き、君が……ま、まぁまぁ、べ、別に、き、嫌いじゃない、かも」

それを言い終わって力尽きた三木が、地面に座り込んだ。その背中を私が抱きしめると、三木はビクッと身を硬くした。

「ははっ。ありがとう、三木。私も三木のこと、嫌いじゃないかも」

顔をクシャクシャにさせた三木が照れ笑いをした。

「でも私、馬鹿だね。ずっと気づかなかったよ」

「き、き、気づかせなかった、ぼ、僕が、ば、馬鹿なんだ」

三木の頬にキスをした。
三木が戸惑って、顔を赤くする。
それを私が笑うと三木が怒る。
三木が怒るから私は笑う。
私が笑うから三木も笑う。
ずっと、そんな二人でいれたらいいね。

「ねぇ三木、写真撮ろうか」

Overrun

誰が悪い

ギャンブルで借金まみれ、そんな俺の言い分から聞いてくれ。

俺が思うに人生ってのは、結局のところギャンブルなのよ。どんな仕事をして、どんな女に惚れて結婚して、その間に生まれたガキが熱海旅行に連れてってくれるか、夜中に突然バットで襲いかかってくるか、壮大なるギャンブルなのよ。それを自分でコントロールできるほど甘くないのよ、人生は。神様が投げたサイの目に従うしかないんだから。それが丁と出るか半と出るか、うちら人間にできることは、両手合わせて拝むだけ。だから勝ち組とか負け組とかも本当はないんだよ。

勝った連中はツイてただけだよ。たまたま神様のサイの目に恵まれただけ。それが偉そうに「俺たちは努力したから」なんて語ってると頭に来るんだよ。うるせーよっ て。若い頃に親父に捨てられて、それから女手一つで、昼間はパートに出て、夜はスナックで酔っ払いを相手に愛想笑いを振りまいて、一生懸命に俺を育てた母ちゃんに向かって言えるのか？「努力が足りない」って。言えねーだろ。皆、幸せになりたくて努力してるんだっていうの。ただ、その努力が神様のサイの目に当たらなかっただけなんだよ。

勝ち組の連中に言いたいよ。お前らが俺と同じような母子家庭に生まれて、共同便所のボロアパートで育って、進学するよりも鑑別所に行く奴のほうが多い高校で教育を受けて生きてきたとしても、お前らは勝ち組になれたか？　きっと違うだろ。やっぱり俺のようにギャンブルにハマッて、俺のように多重債務者になって、三十五歳で独身で、本気の恋を探し求めてキャバクラに通ってしまう俺のようになっただろ。

絶対にそうだよ。人間の運命なんて生まれた時から決まってんだ。俺がお前らみたいに生まれたら、俺だって勝ち組になってるよ。錦糸町の貧乏臭いキャバクラなんか行かないで、銀座の高級クラブに行ってるよ。店から支給されたペラペラのドレスじゃなくて、一流のブティックで買った派手なドレスに身を包んで、前髪をクルクルに巻いた姉ちゃんを口説いてるんだよ。アフターだって、姉ちゃんの好きな物を何でも食わせてやるよ。「焼肉がいい」って姉ちゃんが言ってるのを聞こえないフリして、安い大衆居酒屋なんかに連れて行かないよ。ラブホテル街を歩きながら横目で休憩料金を確かめてホテルを選ぶようなことだってしないよ。ボロホテルを見て姉ちゃんが冷めた顔してるもんだから「逆に面白そうじゃん」なんて惨めな言い訳しないよ。何が「逆に」だ、何の逆なんだ、この畜生が。俺がお前らみたいに生まれたら、お台場の夜景が一望できるホテルのスイートで姉ちゃんのヘソに赤ワイン注いで、ズズズッて飲んでんだよ。

俺がアメリカ大統領みたいに生まれたらアメリカを仕切ってるし、俺が殺人者みたいに生まれたら人を殺してるんだよ。俺は俺に生まれたから俺なんだ。そうやって、全部が決まってるんだ。だから、誰も偉くないし、誰も悪くもない。悪いとしたら、禁断の果実のリンゴを食べたアダムとイブだよ。あの二人のせいで、こんな世の中が始まっちゃったんだから。

いや、でも俺があの二人のように生まれたら、やっぱりリンゴを食べてただろうし、二人は悪くないんだよ。うーん。こんなことを言ってたってキリがないな。でも、誰かのせいにしたいだろ。誰も悪くない、それじゃ腹の治まりが悪いもんな。だから植木屋にしよう。そんな危ない木を植えた植木屋が悪いんだよ。普通、そんな危ない木ならアダムとイブの目が届かないところに植えるだろ。よし、これで納得だな。でも、俺が植木屋だったら……。

まぁ、つまり、こんなふうに生まれちゃったんだから、諦めなきゃいけないって話だよ。

魔法のカード

結婚もしてなけりゃ、子供もいない。気ままな独身貴族だから、給料の全部をギャンブルに突っ込んだって誰からも文句を言われないよ。そんでもって、その給料が全部尽きた時には魔法のカードの出番だよ。まったく便利な世の中だよな。金がなくたって魔法のカードをATMに突っ込んで、チチンのププイッと四桁の呪文を唱えれば簡単に金が出てくるんだから。

もうこんな生活が十年近く続いてるよ。いろんな業者から借りてて、借金の額は全部で四百万以上よ。ヒドイだろ。その金で車とか時計を買ったりしたんなら、今でも形になって残ってるんだろうけど、使い道のほとんどがギャンブルだからね、まさに借金だけが残ってるわけよ。

でも四百万も借りるって大変なのよ。そんなに業者も甘くないからさ、返済の見込みがない奴には貸してくれないんだよ。普通のサラ金で借りれる金はだいたいが一社で五十万。でも、最初からそんなには貸してくれない。初めは限度額が二十万とかだな。これを借りて、返して、また借りて返してって繰り返してるうちに優良客として認められて限度額がアップするわけよ。

それまで二十万ってATMの画面に映ってたのが、優良客になると突然五十万になってるんだよ。この瞬間は嬉しいぞ。何か褒められた気がしちゃうんだよな。小学校のテストで「よく頑張りました」ってハンコを先生に押してもらった時みたいでよ。ATMの前で照れちゃって、後ろに並んでる客にも画面が見えるように体をズラしたりしてさ。なんなら拍手でも送られたい気分だよな。あの喜びだけは多重債務者にしか味わえないな。

これまた多重債務者しか味わえない感覚なんだけど、何回も借りたり返したりしてるうちに、感覚がおかしくなってくるんだよ。限度額の五十万を借りてて、それ以上は借りられない状態の時に、仮に十万返すとするだろ、そしたらまた十万借りれる余裕が出来るんだけど、これが何だか貯金してる感覚になるんだよ。給料日に金を返してるんじゃなくて、貯めてるの。もうプラスとかマイナスの概念が頭の中でゴッチャになってよ、そこには多重債務者にしか解けない方程式があるんだよ。

でも考えたら、誰から借りてる金かっていうと、未来の自分なんだよな。いや、もちろん金を借りてるのは業者からなんだけど、これを返すのは未来の自分なんだよ。つまり、今は貧乏で金のない自分が、未来の金持ちの自分から金を借りてるわけだ。魔法のカードで未来の自分とコミュニケーションよ。そう考えるとずいぶんとメルヘンな話だろ。

ケースバイケース

今日も仕事帰りにパチスロ。ここ何年かは、パチスロが熱いからな。数時間で十万とか二十万とか平気で勝てちゃうんだから。しかも、パチンコと違ってパチスロは完全な理論だからな。その理論さえ完璧にマスターすれば確実に勝てるのよ。実際にそれだけで食ってるプロもいるからな。その理論を残念ながら俺は知らないんだけどさ。

そんなわけで、とりあえず今日も魔法のカードで未来の自分から五万借りて、いつも行ってる駅前のパチスロ屋で勝負。「勝ったらキャバクラ行くぞ！」って、モチベーションを上げるために目標を決めて打つ。人生は何事も目標が大事だからな。本当は勝ったら返済したほうが良いんだろうけどさ。

まぁ、しかし今日は渋かったな。いくら突っ込んでもビクともしない。五万が、あっという間に三万になってるんだよ。こうなると、当初の目標だった勝つってことは一旦、中止になる。そうじゃなくて、二万を取り戻すことが目標になるわけよ。ケースバイケースって奴だな。

意地を張って最初の目標に向かうよりも、自分の状況を適切に判断して目標を変えるわけだ。だから今度は「取り戻したらキャバクラ！」ってことになるんだよ。だったら最初から五万持ってキャバクラに行けばいいだろって話なんだけど、そういうことじゃないんだよ。これぞギャンブラーの美学だろうな。

そうこうしてると残りの金も次々と飲まれてってよ、残り一万。ここが悩みどころなのよ。その一万でキャバクラ初回セットだけ楽しむか、さらに勝負するか。深呼吸

をして冷静に考える。その結果、俺の次に座った客が当たりを引きそうな気がして続行。でも、

「やっぱ一万でキャバクラ行けば良かった」

って数分後には泣きそうになりながら、最後の千円を突っ込んでた。

そして、ここで奇跡。目の前に並んだ数字は7と7と7。派手な音とイルミネーションが、不屈の闘志で戦い続けた俺を祝福する。もう白目を剝《む》きそうになる快感よ。これだから、パチスロはやめられないんだよ。

ここからの俺はすごかった。神がかりと言っても過言じゃないよ。ビッグに次ぐビッグの連続で、気がつけばメダルの山。換金したら五万四千円だった。残りわずか千円だった、あの俺が五万四千円だよ。五万を取り戻すどころか四千円のプラスまで持っていったからな。やっぱ残り一万で悩んだ、あの時の決断が正しかったわけだよ。

めでたし。めでたし。

とは、ならないんだよ。幸せを手にした途端、さらに幸せを欲しがるのが人間なの。そこが人間の悪い癖なの。せっかくだから浮いた分の四千円だけって調子に乗って、またスロットやっちゃってさ、その四千円がなくなった時点で綺麗サッパリ帰ればい

いのに、もう少し、もう少しだけって、気がつけば元の五万も全部がパーよ。

もちろんキャバクラなんか行く金もなくて、帰りにレンタル屋でAV借りてる始末だよ。「新作は高いから、旧作にしよ。明日の朝十時までなら当日料金だな」なんて節約しちゃってるけど、元の五万あったら新作百本借りたってお釣りが来るんだよな。

本当に馬鹿だろ、俺は。

ついに発見

もうパチスロはやめた。馬鹿らしいよ。結局、あんなの店側が儲かるように出来てるんだよ。見てみろよ、駅前に並んだパチンコ店の数を。あれが慈善事業でやってると思うか？　そんなワケないだろ。皆、儲かるからやってるんだよ。

やっぱ競馬だな。これぞギャンブルの王道よ。もちろん、競馬だってＪＲＡが儲かるように出来てるんだけど、パチスロってのは機械だから、自分が何で勝ってるのか負けてるのかわからないだろ。中でコンピューターが勝手に決めてんだから。それこそ八百長されたってわかんないよ。それに比べて競馬ってのは目の前で、自分の買った馬券が当たりか外れかを実際に見せてくれるから納得せざるを得ないよな。

それに俺すごい事実を知ったんだよ。たまたまインターネットで手に入れた情報なんだけど。今まで競馬やる時は競馬新聞を読んでさ、馬の血統がどうとか、過去の成績がどうとか見てたんだけど、本当はそんなの関係ないんだよ。結局、競馬ってのは確率論なの。数学なの。必要なのはデータと方程式。これさえあれば必ず勝てるようになってるんだよ。

その方程式ってのは、単勝の二番人気を買い続けるってこと。これだけ。こんな簡単なことで勝てちゃうんだよ。でも、ただ買い続けるだけじゃ駄目。当たるまで買い続けることが絶対なんだよ。ここ数カ月の間、東京のレース結果を全部調べてたんだけど二番人気の馬が一着になる確率が約二十五％だったのよ。ってことは四レースの内に一レースは一着になる計算だな。二番人気の平均オッズが四倍だから、千円買ったら四千円になって戻ってくるわけ。

しかし、仮に千円を買い続けても四レースに一回しか勝てないよな。四レースに千円ずつで計四千円を使って、払い戻しが四千円じゃチャラに戻ってるだけだろ。そんな馬鹿な話はないよ。ここが重要なポイントで、ここが数学なんだよ。一レース目に千円買って、外れた場合は次の二レース目は倍の二千円を買うんだよ。それが外れたら次は四千円、次は八千円。これなら四レース目で当たると、八千円が四倍になって三万二千円の払い戻しだろ。投資金額が総額一万五千円だから差し引きすると一万七千円の儲けだよ。

大事なのは、勝った時点で調子に乗らないことだな。決して方程式を無視して馬券を買わない。次のレースから再び初期設定の千円に戻して、同じことを繰り返すんだよ。この理論でいけば一日十二レースで五万一千円の利益。毎週土日に実践したら、一カ月で四十万八千円、年間で四百八十九万六千円だよ。見事に俺の借金分を稼げるワケだ。

あまりにも明快で簡潔。正解とはそういうものなんだよ。シンプルイズベストな。大昔の人間は、地球は平べったくて、その地球を象が支えてるって思ってたんだよ。じゃ、その象はどこから来たんだ？　その象はどこに立ってるんだ？　何を食ってるんだ？　小便する時はどうするんだ？　ってなるだろ。案の定、間違ってたよな。複雑すぎるだろ。地球は丸い、これだよ。これは明快で簡潔。だから正しいんだよ。それを考えると「自分という人間は、何のために生まれ、何のために生きていくのだろう」とか言ってる奴は複雑だから間違ってる。腹が減ったから食う、眠いから寝る、糞したから拭《ふ》く、これが正しい人間の姿だな。

二番人気の馬を買う。これよりも明快で簡潔な攻略法が今までに存在したか？　答えはノーだ。この攻略こそ絶対かつ普遍的。真っ直ぐに延びた二本のレールの上を走るだけ。その先に待っているのは巨万の富。この方程式を名づけて、こう呼ぶ。神様のレール。

神様のレール

出発進行！　いざ神様のレールに乗って、巨万の富を我が手に摑み取るのだ！

日曜の新宿駅、南口を出てスグのところにある場外馬券場。赤ペンと競馬新聞を持った夢見るギャンブラーたちを尻目に、俺は手ぶらで優雅にコーヒーなんか飲んじゃってる。神様のレールには赤ペンも競馬新聞もいらないんだよ。必要なのは金と冷静な判断力ね。もちろん金は魔法のカードで調達済み。ぬかりはないよ。

　第一レース。発走締め切り直前まで待って、しっかりと電光掲示板で二番人気の馬を確認してから千円だけ買う。オッズ三倍の馬を千円だけ買うってのもずいぶんと寂しい話なんだけど、ここは冷静な判断力が必要だな。もうギャンブルと思っちゃ駄目だよ。ビジネスや投資だと思わなくちゃ。

　ゲートが開いて馬が走り出すと、そこらへんから「行け！」とか「そのまま！」なんて声が聞こえてきた。その声を聞いてたら、俺なんだか悪い気がしてきたよ。皆さ、自分の少ない小遣いを少しでも増やそうと必死になってるんだよ。子供の誕生日プレゼントを買うはずだった金を注《つ》ぎ込んだり、嫁さんを蹴飛ばして財布から金を取ってきたりした連中が熱くなってんだよ。俺が勝つってことはさ、そんな連中の負け分を頂くわけだからな。それは申し訳ない気持ちになるよ。でも、勝負の世界だからな。それは神様のレールの上に乗った、選ばれし者の悲しい宿命なんだよ。

　そんなことを考えてるうちに第一レースは終了。俺の買った馬は四着で外れ。普通なら外れたんだからガッカリするんだけど、俺は内心ホッとしてたね。これは別に強がりじゃないんだよ。神様のレールは、そのシステムの構造上、負ければ負けるほど勝った時の払い戻しが大きくなるんだよ。第一レースで勝っちゃうと、儲けがたったの三千円だからね。それで次のレースでまた千円から始めなきゃいけないんだから。それだったら四レース目で八千円買って当たってくれたほうが嬉しいでしょ。その分、儲けが大きいんだから。負けてホッとするってのも変な話だけどな。

そんな俺の期待通りに第二レース、第三レースと見事に外れて、いよいよ第四レース。ここからが神様のレールの真髄。二番人気の馬が勝つ確率は二十五%。つまり、次のレースで先頭でゴールインするのは二番人気の馬ってこと。簡単な数学だろ。オッズを見たら五・八倍。これは予想以上に高いオッズ。八千円買えば四万六千円以上の払い戻し。それまでに投資した分を差し引きして三万以上の利益ってわけだ。

八千円分の二番人気の単勝馬券を買って、俺はレースが中継されてるモニターの前に陣取った。甲高いラッパのファンファーレが鳴って、ガシャンという音を立ててゲートが開く。それは、俺の未来へのゲートが開く音にも聞こえる。熱くなって思わず声が出ちゃったんだけど、普通は「行け！」だろ。でも俺「行くぞ！」って言っちゃったよ。要は幸せで明るい未来に「行くぞ！」ってことなんだけどな、周りの連中が変な目でこっち見てたよ。

最終コーナーを回って、レースは大詰め。俺の買った馬は群の後方でジッと待っている。彫刻のような筋肉で形成された、その芸術的とも言える見事な脚を、最後に爆発させるために力を温存している。背中に乗った騎手が一斉に鞭《むち》を激しく入れ出すと、それに反応した馬たちが残りの力を振り絞ってラストスパートをかける。

俺の買った馬は、まだ動かずタイミングをうかがっている。前方を走る標的が見せる一瞬のスキを狙うスナイパー。その隙を待っている。それでいい。コンマ一秒を争う競馬の世界では、それが勝敗を分ける。

よし、いいぞ。待てよ、待つんだぞ。まだ大丈夫だ。よし、そろそろか。そろそろ行くか。あれ、行かないのか？　そろそろ行ったほうがいいんじゃないか？　どうした？　ん？　おや？

そしてついに、スナイパーは待ったまんまレースは終わった。結果はビリ。

正直に言えば焦ったね。ちょっとヤバイなって。でも、これは強がりじゃなくて、多少は予想してたんだよ。計算通りに物事は運ばないだろうなって。だって、あくまでも二十五％の確率だからね。確率ってのは外れる可能性もあるってことだから。九十％の降水確率で雨が降らないことだってあるだろ。それと同じだよ。だから金も多めに持ってきてたんだよ。ここからが神様のレールの真髄よ。

そして第五レース。今度は八千円の倍だから一万六千円ね。単勝馬券に一万六千円は少し怖いけど、ここで怖気《おじけ》づいてちゃ元も子もないからな。オッズは四・三倍。当たれば七万近い金が入ってくる。さすがだね、神様のレール、負ければ負けるほど勝ち分が大きくなる。

甲高いラッパのファンファーレが鳴って、ガシャンという音を立ててゲートが開く。今度は、俺の買った馬は最初から猛スピードで走り出し、そのまま他の馬を寄せつけないまま最終コーナーを回った。各馬がラストスパートをかけてきて、脚に疲れが見えたが、そのまま踏ん張って執念の二着入賞。騎手もそっと胸を撫で下ろす。「危なかったな」と周りから安堵の声が聞こえる。

周りに流されて俺もホッとしてしまったが、考えたら俺は単勝だから関係ない。トップにならなきゃ意味がない。今度ばかりは、さすがに脇の下から汗がツーッと流れた。ほんの少し神様のレールに疑問を持ち始める。

けど、もう後には引けない。だって、すでに全部で三万以上も注ぎ込んでるんだから。ここでやめたら馬鹿だろ。でも、その気持ちとは裏腹に財布を見たら金がないんだよ。もう残りは小銭だけ。神様のレールに従うなら、次のレースは三万二千円必要なんだよな。そんな困った俺に財布の間からニヤッと微笑む魔法のカードさん。

ＡＴＭを求めて場外馬券場から出る。ギャンブラーのいるところにサラ金あり。歩いてスグに見つかった。念には念を入れて、十万を引き出す。

第六レース。三万二千円を注ぎ込んだ馬は四着。

そして第七レース。六万四千円を注ぎ込んだ馬は落馬で失格。

この時点での投資額は総額で十二万七千円。膝がガクガクして、立ってるのが精一杯。目の前で神様のレールがグニャグニャに曲がる。二番人気が何で来ない？　俺は間違ってないぞ。二十五％だろ。数学だろ。理論だろ。

ブツブツ独り言を言いながら、またＡＴＭの前に立っている。もう限度額が一杯で引き出せない。これが、やめ時。もう諦めて帰るしかない。だって、引き出せる金がないんだから、仕方がないだろ。しかし諦めのつかない俺は壁に掛けてある受話器を手に取って、

「どうしても急用で金が必要なんです。限度額を上げてください」

と、お願いしてた。少々お待ち下さいと女が言うと、受話器の向こうから途切れ途切れのエーデルワイスが聞こえてくる。早くしないと次のレースが始まってしまう。

イライラしながら待っていると、エーデルワイスが止まり女の声が聞こえる。受話器を戻し、ATMの画面を見ると女の言った通り限度額が二十万増えている。急いで二十万を引き出すと、馬券場に戻り第八レースの馬券を買う。

もう二番人気の馬は諦めた。神様のレールを無視して一番人気の馬に二十万を全部注ぎ込む。オッズ一・六倍。当たればチャラだ。もう三十二万七千円も注ぎ込んだ。月給以上の金だ。もう儲けなんかいらない。チャラで十分だ。

レースが始まっても、怖くてモニターを見れない。床に座り込み、目を閉じて、耳をふさぎ、自分の愚かさを恨む。目を開けたら今朝に戻っていて欲しいと心底願う。

「もう二度とギャンブルなんかしません。キャバクラも行きません。これからは真面目に一生懸命に生きます。だから神様これだけ当てさせて下さい」

耳をふさいだ手の隙間から、声援や野次が聞こえてくる。その声が徐々に大きくなり、ゴールが近いことがわかる。そして、それが歓喜や落胆の声に変わり、レースが終わったことを知る。

ゆっくりと立ち上がり、恐る恐る電光掲示板に近づき、レース結果を確認する。

一着、二番人気の馬。

やめ時

借金が四百五十万円に膨れ上がった。もう返せないよ。サラ金で借りた額が自分の年収を上回ると返済不可能って言われてるからな。もう簡単に超えちゃってるよ。

本当、人生ってギャンブルだよな。何がどうなるかなんて、生きてみなきゃわからないんだ。「カーレーサーになりたい」って小学校の卒業文集に書いた少年が、車は車でもよ、まさか借金で火の車に乗ってるなんて誰が思ったよ。

ギャンブルの鉄則はやめ時だよ。勝って調子に乗って負ける前にやめる。負けて熱くなってさらに負けが大きくなる前にやめる。このやめ時を見極める奴が勝つ。そして、このやめ時を見過ごす奴が俺のようになるんだよ。

でも、やっと俺にもやめ時がわかるようになったんだ。人生というギャンブルのやめ時がわかったんだ。もう俺は死ぬべきなんだ。これ以上、人生の負けが大きくなる前にやめるべきだろ。三十五歳で独身、キャバクラ好きのギャンブル狂いで多重債務者。こんな惨めな肩書きしか並べられない俺が生きている価値なんてないんだよ。

二十五歳の頃にギャンブルを憶えて、真面目に貯めていた金がなくなると、愛想を尽かした彼女に振られて、それでも懲りずにギャンブルを続けて、今度はサラ金に手を出してって、あの頃から俺は金と時間と情熱を無駄にして、人生を浪費してきた。でも考えたら、それは俺が死ぬための準備だったんだよ。死んだところで悔いるほどの価値もない、クソみたいな人生に仕上げていたんだ。ギャンブルもサラ金もすべて死ぬための準備だったんだ。

「次の電車だ」

ホームに立って二時間。電車が来るたびに飛び込もうと決意しても足が進まない。準備は出来ているのに覚悟ができない。ほんの、二歩三歩だよ。それさえ歩けば、すべてを終わりにすることができるんだ。

何を躊躇《ちゅうちょ》してる？　躊躇するほど立派な人生じゃないだろ。目の前にある二本のレール。これこそが本物の神様のレールだ。神様のレールが俺を幸せな場所に連れてってくれるんだ。

「すいませんが」

声をかけられ振り返ると、髪を紫色に染めたババァが立っていた。何をどう思って紫色にしたんだろうか。それまでの黒髪を、紫色にしようと思ったキッカケを訊いてみたい。ひょっとしたら、それがこの先長くないババァなりの死ぬ準備なのかもしれないな。遺体を見た時の遺族の悲しみを少しでも和らげるための紫色。

「もしかして、線路に飛び込もうとしてるんじゃないかしら？」

「えっ？　あっ、いや」

なんで、俺が自殺しようとしてることがわかったんだ。このババァ、神様かもしれない。じゃなかったら悪魔だ。だから紫色なんだ。でも次の言葉を聞いて、ババァは神様でも悪魔でもないことがわかった。

「あそこの娘さん。ずいぶん、思いつめた顔してるし。飛び込んだら大変でしょう」

ババァが気にしていたのは俺じゃなかった。ババァが指差すほうを見ると、ホームの端に座り込んで、泣きじゃくっている若い女がいた。確かに、その雰囲気からして、次に来た電車に飛び込んでもおかしくない。

「大丈夫ですか？」

俺もずいぶんとお人好しだ。自分が飛び込もうとしてるのに、他人を気にかけるなんて。本音を言ったら、その女が生きようが死のうが、どうでもいいんだけどな。

それも仕事だから仕方がないよ。飛び込み自殺を止めるのも、駅員の仕事だから。

女を駅長室に連れていき、コーヒーを出した。しばらくしてもまだ女は泣いていた。俺の目を見ようともせず、手に持っていたデジカメをじっと見ている。別に飛び込んだワケじゃないし、飛び込むと女が宣言したワケでもないから、警察に連絡はできない。適当に女が落ち着くまで待って、それらしい説教をして、親や知人に連絡して迎えに来てもらおう。俺が飛び込むのは、それからだ。

「いくらあるんだ？」

尋ねると女が不思議そうな顔で俺を見た。死ぬ原因は借金苦しか頭になかったから、そう言ってしまった。訂正するのも馬鹿らしく、そのまま強引に突き進んだ。

「な、悩みの数だよ。いくらあるんだ？」

「……たくさん」

「そうか。俺も悩みはたくさんあるぞ。でもな、思うんだ、人生はギャンブルだって。受験に仕事、人間関係や恋愛だってすべてがギャンブルなんだよ。すべてに勝ち負けがあるんだ。でも、決して悩みは負けじゃない。悩みは、まだ結果じゃなくて過程なんだよ」

その場の雰囲気で適当に説教し始めたのだが、次第に自分自身への励ましとなっていった。

「いいか。受験の失敗も、仕事のトラブルも、それは過程であって結果じゃない。結果は自分の中で決まるんだ。どんな些細な幸せでも、いつか笑顔になれる日が来たら、それが結果なんだ。悩み苦しみ、努力した結果なんだ。俺はまだ……君はまだ、その結果を見てない。だから、死ぬな。生きていれば、それだけでいい」

それが、本音なのか自分でもわからない。しかし、俺の心は確かに俺の言葉に揺さぶられた。俺は愚かだった。なにが死ぬための準備だ。すべては過程だったんだ。俺はまだ結果を見ていない。

復活祭

ここからだよ。ここから俺の人生が始まるんだよ。俺の人生を起承転結で言えば、まだ「起」の部分だよ。まったく凄まじい「起」だった。誰か俺の半生を描いたミュージカルでも作ってくれないかね。きっと面白いぞ。やっとプロローグの終わりってところだからな。多分そうに違いないよ。渋めの二枚目俳優が天井から糸で引っ張られて、歌いながら舞台から客席に飛ぶんだよ。「俺はー♪生まれ変わったのだー♪」とかって。こっから怒濤《どとう》のサクセスストーリーが始まるんだよ。

でも、その意気込みはいいんだけど現実問題として何をしたらいいのかわからないんだよな。現状を変えるためには精神論よりも行動が必要なんだよ。とりあえず借金を返さないことには前に進めないもんな。四百五十万なんて大金を普通の駅員がどう工面すればいいんだよ。やっぱりギャンブルか？　けど、それじゃ同じことの繰り返しだもんな。

そうなると悪いことしかないだろ。つまり、犯罪よ。犯罪でもしなきゃ四百五十万なんて金は作れないよ。もちろん気は咎《とが》めるけど、そんなことは言ってらんないだろ。どうせ一度は捨てようとした人生なんだから、もう何したって平気よ。

仮に刑務所に入ったって構わない。ちょっとの間、キャバクラに行けなくなるだけの話だ。別に死刑だっていいよ。どうせ死ぬはずだったんだから、死刑を宣告された瞬間に屁するくらいの余裕はあるつもりだよ。そんで地獄に落とされて、閻魔《えんま》様が説教でもしようもんなら蹴飛ばしてやるよ。「テメーに四百五十万が作れんのか馬鹿野郎、年利二十九%だぞ、利息だけで月々十万以上だぞ」って。生意気だ、とかいって喋れないように舌を引っこ抜かれても「ばぱやどーばぱやどー」って叫びながらクソして投げつけてやる。

もちろん捕まりたくはないよ。要はそれくらいの覚悟があるってこと。でも一口に犯罪と言ってもいろんな種類があるから迷うよな。まず初めに思い浮かぶのは銀行強盗だけど、これは現実的じゃないよな。オモチャの拳銃を持ってさ、レーガン大統領のマスク被《かぶ》って「金出せ！　騒いだら、ぶっ殺すぞ！」とか叫ぶんだろ。そんなドラマみたいなこと、言いながら恥ずかしくて笑っちゃうよな。絶対に捕まりそうだし。

誘拐も駄目だな。金の受け渡しとか面倒くさいだろ。刑事を公園に呼び出して、そこの公衆電話に電話してさ、「ゲームの始まりだ。地下鉄四ツ谷駅にある公衆電話で次の指示を出す。時間は十五分だ」とか言うんだよな。まず公衆電話に電話をかける方法知らないよ。

考えたらラクに稼げる犯罪ってないな。泥棒だって、ピッキングの知識が必要だし。偽造カードだって、スキミングの機械が必要だし。盗撮したビデオを売るのは比較的簡単そうだけど、どこに売っていいのかわからない。俺も痴漢ぐらいの犯罪ならできそうだけど、そんなことしても一銭にもならないもんな。

そうなると、素人でも簡単に稼げそうな犯罪っていったら振り込め詐欺、通称オレオレ詐欺だな。あれなら誰だってできるだろ。実際に捕まってる奴とかって大学生とかフリーターとか素人みたいな奴が多いしさ。ちょっと使い古された手口かもしれないけど、逆に今は世間の気も緩んでる時期だろ。それに、もし相手が怪しんでたら、電話を切れば済むことだからな。

電話一本で手に入るバラ色の人生。

犯罪史上、これほどまでにローリスクハイリターンな犯罪があっただろうか。

俺がこの犯罪を名づけるなら、こう呼ぶ。

神様コール。

待望のデビュー

いざ受話器を摑み、巨万の富を摑むのだ！　神様コール発信！

俺は近所にある人気の少ない深夜の公衆電話の前にいた。万が一、通報された時に家の電話や携帯電話を使ってたら発信記録を調べられて一発で御用だからな。念には念だよ。もう神様のレールのような失敗はしない。あの後、計算してみたんだけど神様のレールで全十二レースをすべて外した場合の投資額は四百万円だったよ。馬鹿だろ？　そんなことちっとも想定してなかったもんな。けど今度は違うぞ。急がば回れ、その回った先に石橋があったら叩いて渡る。

いよいよ、俺が犯罪者としてデビューする瞬間が来た。テレホンカードを公衆電話に差し込み、電話帳をパラパラと開き、目を閉じて適当に指で差した電話番号に標的を定める。緊張して間違えないよう、何度も電話帳を確認しながら慎重にプッシュボタンを押す。間違えて他の番号にかけても別に問題はないんだけど、それに気づかないぐらい緊張している。プルルと呼び出し音が数回鳴ったあと、寝ていたのだろうか、ボソボソとした低い声の男が出た。

「……はい」

「あっ、あの、えーと、俺、俺ですけど。寝てましたか？」

「は？　……誰、お前？」

「ですから私は、俺です。俺のことをわかりませんか？　わからなかったら別にいいんですけど」

「警察に電話するよ」

慌てて電話を切り、ポケットから取り出したくしゃくしゃのハンカチで受話器やプッシュボタンの指紋を拭き取ってから、全速力で走り去った。なぜだ？　初《しょ》っ端《ぱな》から見破られた。しかも、「警察に電話する」と男は言った。これは、まずい。きっと連絡を受けた警察が電話局の交信記録から公衆電話の場所を割り出す。俺が捕まるのも時間の問題だ。心臓が破裂しそうに脈を打っても、肺が悲鳴をあげようとも俺は走った。走りながら、嘆いた。俺は終わったんだ。これが俺の結果だったんだ。

家に帰ってからも、しばらく怯《おび》えてた。遠くのサイレンの音を聞くたびにビクビクする。あれだけ決めたはずの覚悟だったが、実はそんなものなどまったくできていなかったことを知る。嫌だ、捕まりたくない。俺は自由でいたい。

徐々に落ち着きを取り戻し冷静になると、ある疑問が湧いてきた。まだ被害も出てないのに警察が動くだろうか？　仮に警察が動いたとして、公衆電話から俺まで辿《たど》り着くだろうか？　何よりも、あの男は本当に警察に電話をしたのか？　ひょっとしたら、ただの脅しじゃないのか？　気になって仕方がない。しかし、これは非常に重要な問題だ。明日から大手を振って街を歩くためには、そこらへんをハッキリさせる必要がある。それを解決する方法は一つ。男に電話して確認するしかない。

もし通報していた場合、さっきの公衆電話の場所に警察が来ているかもしれない。今度は駅前の公衆電話を使うことにした。しかし、テレホンカードを入れて、指が止まった。男の電話番号がわからない。さっきと同じ電話帳を手に取りめくって見たが、適当に選んだあの電話番号を再び見つけることはできなかった。どうにか記憶から番号を呼び出そうとするが最初の市外局番さえ思い出せない。そのとき、目の前の電話機に表示されたリダイヤルの文字が目に入った。これだ。この液晶画面の付いたグレーの公衆電話は公園にあったものと同じタイプ。俺が去った後にあの電話を誰も使っていなければ、リダイヤルであの男に再び電話が通じるはずだ。

恐る恐る公園に戻ると、警察はいなかった。公衆電話にテレホンカードを入れて、リダイヤルボタンを押す。表示されている番号は何となく見覚えのあるような、ないような。自信はなかった。呼び出し音が鳴り、電話が繋がった。

「…………」

「あ、先ほどの俺です。夜分に何度もすいません。実は訊きたいことがありまして」

「本当に警察へ電話するぞ！」

慌てて電話を切り、ハンカチで受話器やプッシュボタンの指紋を拭き取ってから、全速力で走り去った。公園の出口で出会い頭に老人とぶつかってしまい、そのまま老人は地面に倒れこんだ。

「いてーな、この野郎」

腰を押さえながら老人は私を見上げて言った。

顔を見られてしまった。これは、いわゆる目撃者だ。頭の混乱していた俺は咄嗟《とっさ》に口走っていた。

「わ、忘れてください！」

「は？　何を忘れるんだ、この野郎」

「……か、顔を、忘れてください」

さらに印象を強くしてしまう失言を残して一目散にその場を去った。

電話の男は警察へ連絡していなかった。するつもりもなかった。なのに、俺が再び電話をしてしまったことで、男を本気で怒らせてしまい、通報する決意をさせてしまった。俺はなんてことをしてしまったんだろう。確認などしなければ良かった。もう終わりだ。しかも、今度は目撃者がいる。

家に帰り、枕に顔を埋《うず》め奇声を発する。俺は大馬鹿野郎だ。借金を返すために罪を犯して、さらに何の報酬もないまま刑務所に入るんだ。こんなことならバイトでも何でもして、地道に借金を返すべきだった。

しかし、徐々に落ち着きを取り戻してくると冷静になり、ある疑問が湧いてきた。男は本当に警察へ通報したのだろうか？　まだ、してないのでは？　するか、しないか、今それを悩んでいるのでは？　もしそうなら、しないほうが絶対にいい。すれば地獄、しなければ天国。男の電話一本が俺の運命を握っていることになる。俺は、その決断をただ待つしかないのか？　いいや、俺にも何かできるはずだ。それは、男に謝ることだ。男に電話して誠実に謝罪をすれば、男も警察へ電話などしないはずだ。

家を飛び出し、再び公園に舞い戻った。さっきの公衆電話にテレホンカードを入れリダイヤルボタンを押す。呼び出し音が鳴っている間、走ったせいで乱れた息を整える。電話が繋がった。

「……」

「あ、俺です」

「……」

「すいません。寝てましたか？」

「……」

「もしもし？　俺です、俺」

「……健一かい？」

しまった。電話の声は男ではなく、年寄りの婆さんだった。リダイヤル番号を確認してなかったが、俺が公園を離れた間に、誰かがこの電話を使ったんだ。あの時、ぶつかった老人かもしれない。

　慌てて電話を切ろうとしたが、受話器を置く手が止まった。聞き違いでなければ、相手の婆さんは俺のことを「健一」と呼んだ。もちろん俺は健一じゃない。これって、まさかの、ひょっとして。期待を胸に、ゆっくりと受話器を顔に近づける。

「もしもし、健一だけど」

「久しぶりだね。元気にしているのかい？」

　やはり、そうだ。とんでもない奇跡が舞い降りてくれた。間違えてリダイヤルした相手が、俺を健一という名前の誰かだと勘違いしてくれた。カモがネギ背負《しょ》ってやってきた。これぞ神の力。これぞ神様コール。

　チャンスだ、このチャンスを無駄にしてはいけない。こんな奇跡的な状況は二度と来ない。俺は慎重に言葉を選んだ。

「うん。元気だよ。……母さんも元気？」

「うん、まぁ、歳はとって体はボロだけどね」

「えっと、父さんは元気？」

「さぁねぇ。相変わらず、お酒ばっかり飲んでるみたい。やっぱり、別れないで一緒にいてあげれば良かったのかね」

　なるほど、婆さんは離婚してるわけだ。つまり、健一は俺と同じ母子家庭で育ったことになるな。俺はボロが出ないように頭の中で健一の人物像をしっかりイメージした。

「ヨリを戻すつもりはないの？」

「私も言ったんだよ。この先、もう長くない二人なんだから一緒に暮らしましょうって。そしたら、今さら合わせる顔なんてないって。……そっちは奥さんと上手くいってるのかい？」

　奥さん、ということは、健一は結婚してるんだな。

「ああ。たまに喧嘩もするけどね」

　それから、俺は健一になりきっていろんな話をした。そんな才能があるなんて、自分でも驚きだった。俺は、あることないことペラペラと嘘を並べた。嫁の料理の味付けが濃いだとか、職場の上司が嫌味な奴だとか、車が故障して大変だとか、なるべく具体的な固有名詞は避けて、ボロが出ないように話した。婆さんは一人寂しく暮らしているらしく、きっと息子のいろんな話を聞けるのが嬉しいんだろう。笑ったり、感心したりして相槌《あいづち》を打っていた。

「そうかい。たまには二人で遊びに来なさい」

　そう言うと、婆さんはゴホッゴホッと苦しそうに咳き込んだ。

「大丈夫？　どっか悪いの？」

「平気だよ。年寄りは、どっかが悪くて当たり前なんだから」

「あんま無理すんなよ」

「はいはい。それじゃ、また電話でもしておくれ」

「うん。じゃ、おやすみ」

　そう言って電話を切った。電話を切ったと同時に張り詰めていた緊張の糸も切れて、俺はその場にぐったりと座り込んだ。俺は完璧だった。役者顔負けの芝居で俺は見事に健一という男を演じきってみせた。しかし、そこで気づく。金はどうした？　演じるだけで、本来の目的をすっかり忘れていた。これじゃ、オレオレ詐欺じゃなくてただのオレオレじゃないか。詐欺はどうした？

　慌ててリダイヤルボタンを押そうとしたが、考え直す。金が必要なら、さっきの電話で言ったはずだ。今さら金を工面してくれなんて言ったら、逆に怪しまれる。今日はやめたほうが得策だ。また明日にしよう。画面に表示されているリダイヤルの番号をケイタイに登録して、公園を後にした。

受け取り

「それじゃ、また電話するよ。おやすみ」

次の日も結局、俺は近況を話しただけで電話を切ってしまった。次の日も、また次の日も。毎日、毎日、俺は健一になって仕事の話や嫁さんの話をして電話を切る。何をしてるんだ、健一。俺も暇じゃないんだぞ、早いとこ金を引っ張れ、健一。

そう思うのだが、どうしても金の話を切り出せない。良心の呵責《かしやく》って奴だろう。一人寂しく暮らしてる不幸な婆さんに金をくれとは言いづらい。喉まで来てるのに、それが口から出てくれない。やっぱ犯罪者は向いてなかったのか。

でも、そんなことは言ってらんない。なんせ、現実問題として返済日が来週に迫ってる。五百万を婆さんから取れとは言わない。第一そんなに持ってないだろう。せめて一割の五十万ぐらいはもらいたい。それくらいなら婆さんでも持ってるだろうし、そこまで痛い額でもないだろう。

それに、俺は返そうと思ってる。今は金がないから、少しの間、婆さんに少し借りるだけ。ちゃんと借金を返し終わったら婆さんにも返す。最初はそんなつもりなかったけど、毎日電話で話してるうちに婆さんの温かい人柄に情が湧いた。

いつもの公衆電話。意を決して電話をかける。

「もしもし。健一だけど」

「いつも、この時間だね。そうかと思って服部さんと電話してたんだけど失礼したんだよ」

「体の具合はどう？」

「うん。今日はずいぶんと良かったよ。昼間、少し散歩もしたしね」

「あ、あのさ、母さん。実はね、ちょっと頼みがあって」

「何だい？」

「えーと。いや、やっぱ、いいや。何でもない」

やはり婆さんの声を聞くと、どうしても言い出せなかった。しかし、空気を察したのか、それを婆さんのほうから切り出してくれた。

「……お金がいるんじゃないのかい？」

「えっ？」

「いくら必要なんだい？」

「……五十万必要なんだ。ちょこっと事故やっちゃってさ」

「いいよ。それくらいなら。年寄りの私でも蓄えあるよ」

「ごめんね。必ず返すから」

「なにも遠慮することはないよ。お金は、どうしたらいいかね？」

あれ？　どうしたらいいんだ？　金はどこに振り込んでもらうんだ？　肝心なことをすっかり忘れて、まったく用意してなかった。俺の口座じゃ駄目だろう。万が一、詐欺だとバレた場合に通報されたら口座から身元が割れる。そもそも振り込み先の名義が健一じゃなく俺の名前じゃ不自然だ。答えに困り黙り込んでいると、それも婆さんのほうから答えを導いてくれた。

「直接、取りに来るかい？」

「えっ、いや、時間がないから」

「奥さんや誰か知り合いの人に頼めないのかい」

「あ、あぁ、そうだね。女房は仕事で無理だと思うから、友達に行かせるよ」

「いつまでに用意しとこうか」

「そうだな。今度の木曜が仕事休みだから……あ、いや、俺じゃなくて、その友達が確か木曜は休みだって言ってたから、その時にでも」

「うん。わかった。木曜日だね。用意しとくよ」

婆さんが電話を切ったのを確認してから、受話器を置いた。

ごめんな、婆さん。

いつか返すから。

婆さんの悔い

婆さんから金を受け取る前に、ハッキリさせておかなくちゃならないことがある。借りるだけとか、ちゃんと返すとか、もう言い訳はしない。俺は優しい婆さんを騙す最低の野郎だ。

この三日間、婆さんには電話してない。きっと、婆さんの声を聞いたら金を受け取れなくなる。俺は迷いたくない。俺はクズでカスなんだ。

木曜日、千葉県にある某駅前に俺はいた。市外局番を調べて、ここらに婆さんの家があるのはわかった。しかし、ここから先の住所はわからない。まさか犯罪者が交番で住所を訊くわけにもいかない。訊くにしても実は婆さんの名前さえまだ知らない。息子が母親に名前はもちろん、住所を尋ねるわけにはいかないだろ。

そこで宅配便になりすまし、婆さんの家に電話をかけ、「字が滲んで読めないので教えて下さい」と住所を聞き出すことにした。

公衆電話から婆さんの家に電話をかけた。呼び出し音が鳴り、電話に出たのは婆さんじゃなく、若い女だった。間違えたと思い、電話を切り再びかけ直すと、やはり今度も若い女の声がした。

「あれ？　すいません。そちらは、えっと」婆さんの名前を言いたくても、知らない。

「山村です。あ、私はヘルパーの者ですけど」婆さん、山村って名前だったんだな。住所を訊く相手は婆さんじゃなくても、別にヘルパーで構わない。予定通り宅配人のフリをすると、女は何の疑問も持たず住所を教えた。

タクシーに乗り、聞き出した住所を告げる。タクシーはゴチャゴチャした住宅街の細い路地に入ると、しばらくして二階建ての小さなアパートの前で止まった。ここに婆さんが住んでいる。思ってたよりも、ずっと貧相なアパートで、こんな場所に一人で住んでる婆さんから金を取ろうとしてる自分が嫌になった。やっぱりやめよう。今なら、まだ間に合う。たかが、五十万のためにやることじゃない。きっと、ずっと後悔することになる。そんな後ろめたさを背負って生きるくらいなら、五百万の借金を背負って生きたほうがマシだ。

駅に引き返すよう運転手に言おうとした時、二階にある奥の部屋が目に入った。その部屋のドアには何か紙が貼られている。気になってタクシーを降り、二階に上がり部屋の前に立った。白い紙には墨で山村家と書かれている。

呆然と立っていると、扉が開き、中から喪服を着た若い女が出てきた。

「何か、御用ですか？」

声を聞いて、さっきの電話に出たヘルパーだとわかった。

「あの、誰か亡くなられたんですか？」

「ええ。昨晩、こちらに住んでいるおばあちゃんが心不全で。私このお宅のヘルパーなんですけど、昨日来たら倒れていたんです。……えっと、失礼ですけど、お知り合いですか？」

「あ、いえ。別に知り合いでは」

「そうですか。あの、変なお願いしますけど、時間がおありでしたらお婆ちゃんに線香を上げてもらえませんか。お婆ちゃん、身寄りも、お友達も少ない人でしたから、お葬式も寂しくて」

女に勧められ、部屋の中へ入る。六畳一間の小さな部屋の中には、喪服を着た一人の老人がいた。どこかで見た顔……いつか公園でぶつかった老人だった。その他には誰もいなかった。女の言う通り寂しい葬式だった。俺は線香を上げ、手を合わせた。爺さんは俺の顔など覚えていないらしく、チラッと一目見ただけで、テレビの野球中継に視線を戻した。そして、バッターボックスに立ったK・Y選手が空振り三振で終わると、「あちゃー、頼むぞ、俺の未来なんだから」と言ってテレビを消した。

「おい、アンちゃん。一緒に飲もうや。話し相手がいなくて寂しかったんだよ。俺が昔アメリカ兵をぶん殴った話を聞かせてやる」

顔を真っ赤にした爺さんが、俺の返事も聞かず酒を注いだコップを手渡してきた。ヘルパーの女が止めてくれたが、婆さんの死を突然知って動揺していた俺は、酒を飲んで気持ちを落ち着かせたかったので、それを受け取って一気に飲んだ。

「おぉ、アンちゃん。いける口だな」と言って、空いたコップに爺さんが酒を注ぐ。それを、また一気に飲み干すと爺さんが笑いながら再び酒を注いだ。厄介なのが一人増えたとでも思ったのか、ヘルパーの女が不安気な目でこちらを見ていた。

爺さんとヘルパーの女、そして俺。たったの三人しかいない、わびしい葬式の風景だった。

しかし、いくら何でも寂しすぎる。親戚も友人もいない。婆さんは、こんなにも孤独だったのか。孤独なまま一人で死んでいったのか。あまりにも惨めすぎる人生の終わりだ。

いや、ちょっと待て。俺がいるじゃないか。

俺ってのは、つまり息子の健一だよ。健一はどうした？　健一の嫁はどこにいる？

「あの、息子さんは？」

「はぁ？　そんなもん、いねぇよ」

「え、仕事で来れないとか？　それじゃ、息子さんの奥さんは？」

「何言ってんだ、アンちゃん。元々、この人は息子なんていないんだよ。俺は長い付き合いだから、何だって知ってるよ」

この爺さんは何を言ってるんだろう。ボケてるのか？　息子がいないっていうなら、婆さんは俺を誰と勘違いしたっていうんだ。

「まぁ、厳密に言えばよ、一度はいたんだけどなぁ。生まれてスグに病院で死んだよ。そりゃ、辛かったろうな。元々よ、ガキの出来づらい体だったんだよ。それが結婚して十年目にやっと子供が出来たと思ったら、一度も抱くこともなく保育器の中で逝《い》っちまうんだからな。俺も病院で付き添ってたんだけど、ごめんね、ごめんねって泣きながら死んだ赤ん坊に謝ってたよ。別に、この人が悪いわけじゃないのにな。結局、それが原因となって旦那とも別れたんだ」

「……その息子さんの名前は？」

「健一だよ。皮肉な名前だろ、健康第一で健一だよ」

爺さんは手の平で目頭を押さえると、胸ポケットから封筒を取り出した。

「しかし年取ってボケちまったのかね、こんなもんが置いてあったよ」

封筒には「健一さんへ」と書かれている。

「中に五十万も入ってたんだよ。死んだ息子にだぞ。相当ボケてたな。中に入ってる手紙も、書いてる意味がわかんないしよ。ほら、読んでみろ」

と言って爺さんが俺に手紙を手渡した。


健一さん、お金を用立てさせて頂きました。どうぞ、お使いください。

その代わりにと言っては何ですが、私からも一つお願いがございます。

これからもときどきで構いません。今までのように電話をください。

そして健一さんの話を聞かせてください。

子供の頃の話を聞かせてください。家族で行った旅行の話を聞かせてください。

眠れない夜、私は何の絵本を読んであげたのか教えてください。

遊んでばかりの貴方《あなた》を私は何と言って怒ったのか教えてください。

運動会の日。受験の日。卒業の日。結婚の日。

その日の貴方に、その日の私が言った言葉を聞かせてください。

私は良い母親でしたか。私は貴方を幸せにできましたか。

聞かせてください。貴方と私が生きてきた話を聞かせてください。


婆さんは俺が息子じゃないことを知ってた。知ってて俺と息子を重ねていた。

もしも健一が生きていたら、そう思って俺の話を聞いていたんだ。

手紙を置き、コップに入った酒を一気に飲み干す。

「俺の身の上話でも聞いてもらえますか？」

「おう。話せ、話せ。何でも聞いてやるよ」

仕事の話、修学旅行の話、初恋の話、それから俺は爺さんにいろんな話をした。

少し大きな声で、ちゃんと婆さんにも聞こえるように話をした。

鳴き砂を歩く犬

何かのキッカケ

鳴き砂、知ってる?

キュッ、キュッ、キュッ……って。

鳥取砂丘の上を歩いているとね、砂が擦《こす》れ合ってときどきそんな音を鳴らすの。その鳥取砂丘の丘の上で、当時まだ十代だった両親が愛し合って、私は仕込まれたの。そして、その鳴き砂から一文字取って私は鳴子《なるこ》と名づけられたってわけ。名は体を表すっていうけど、その通りかも。鳴子の人生は鳴いてばかりだもん。

「俺が母ちゃんの上に乗って腰振るたびに砂がキュッキュッと鳴ってよ」

まだ小学生だった娘にそんなロクでもない話をするロクでもない父親は、鳴子が中学を卒業すると同時に自転車で海に落っこちて、この世から卒業したの。仕事で失敗してたくさん借金してたから、周りの人は自殺だなんて噂してたみたいだけど、鳴子にはそれが自殺じゃないってわかってた。どうせ、酔っぱらって落ちただけ。あの人に自殺できるほどの知恵はないもん。

知恵がないのは母親も同じ。父親が死んで間もなく新しい男を連れ込んできたけど、これが死んだ父親に輪をかけたロクでもない男で、鳴子がお風呂に入ると必ず家の外に出て換気扇の隙間から裸を覗くの。本人は隠れてるつもりなんだろうけど、換気扇が吐き出す風を浴びながら、目をショボショボさせて必死にコチラを覗いている姿がハッキリ見えてた。母親に話したんだけど取り合ってももらえなくて、仕方がなく本人に直接言ったら、その知らぬ顔で「ひょっとして幽霊かな」なんて苦し紛れの言い訳してた。さすがに、その後の何日かは覗かなくなったけど、しばらくすると我慢できなくなったのか、また男はやり始めた。今度は、少し恨めしそうな目でコチラを見てた気がする。きっと男なりに幽霊のフリをしていたんだと思う。

でも結局この人、家に転がり込んで一年も経たないうちに地元のヤクザと喧嘩して、本物の幽霊になった。葬儀の時、鳴子は鳴いてた。もちろん馬鹿な男のために流す涙なんてあるはずもなく、鳴いていたのは自分のため。

鳴子ね、その時になって初めて気がついたの、自分は不幸だって。気づくのが遅すぎるかもしれないけど、仕方がないでしょ、鳴子も馬鹿なんだから。だって馬鹿ばっかりに囲まれて育ったんだよ、そりゃ馬鹿にもなるでしょ。

でも馬鹿は馬鹿なりに利点もあるんだよ。それはね、現実を見失えるってこと。

これは本当の自分じゃない。本当の鳴子は馬鹿じゃない。本当の鳴子はもっと幸せに満ち溢れた毎日を送るべき人間だって、そう思うの。もしくは、そう思おうとしたのかな。とにかく、そんなふうに現実を見失っちゃうの。

でね、その本当の自分になるためには何かのキッカケが必要なんだけど、その何かってのは結局のところ、東京なの。ね、馬鹿でしょう。でもね、東京に行けば鳴子は変わるって、当たり前のように思ってたんだ。病気を治したければ病院、勉強したかったら学校、まるでそれと同じ。本当の自分を見つけるには東京に行くしかなかったの。

浅草の理由

東京に着いて真っ先に向かったのは浅草。別に観光じゃないよ。鳴子、浅草には中学ん時に修学旅行で来たことあったから、それで。だからって別に浅草のことなら何でも知ってるわけじゃないんだけど、まったく知らない場所より少しでも知ってる場所のほうが気が楽でしょ。

それから、もう一つ理由があるんだ。

その修学旅行で来た時なんだけど、浅草寺《せんそうじ》の裏に何台かバスが入る大きめの駐車場があるのね。その隅っこのほうで一人でブツクサ言ってる若い男の人がいたの。鳴子ね、中学ん時ってあまり友達とかいなくて、自由時間っていっても一人でポツンとしてた子だから、暇でさ。駐車場のタイヤ止める四角い石あるでしょ、あれに座って遠くからソイツをボーッと眺めてたの。そしたらソイツが鳴子に気づいて近づいてきたんだ。

「あの、もし時間あったら見てくれませんか？」

ってソイツは言った。

鳴子、ヤバイなぁって思った。だって、絶対に変態でしょ。一人でブツクサ言ってる男が中学生の女子に見せるっていったら、ズボンを下ろす以外にないもん。でも変態の割には丁寧だよね、わざわざコチラの時間の都合まで確認するなんて。普通の変態は相手の都合なんて気にしないでバァーと見せるもんでしょ。それによく見たら顔つきもずいぶんまともで、年も二十歳前後ってところ。鳴子のイメージする変態とは微妙に違うの。

だから、「何を?」って念のため、鳴子訊いてみたんだ。そしたら、「あ、あのネタなんですけど」ってソイツは答えた。

「ぼ、ぼく、芸人なんです。駆け出しだから、まだ舞台に立てる身分じゃなくて。だから、こうやっていろんな人にネタ見てもらってて」

少し照れくさそうにソイツは言った。

暇だったし、変態と勘違いしたことに悪気を感じてるのもあって、付き合ってあげることにしたんだ。それにネタを目の前で見られる機会なんて、鳥取の中学生にはそうそうあることじゃないしね。

でも実際に始まってみてガッカリした。鳴子、そもそもお笑いとか全然興味ないから詳しくはわからないんだけど、ソイツのネタが面白くないことだけはハッキリとわかった。

「屁をすると金をもらう犬は……プー、ドル……プードル……プードル……」

鳴子、最初のプー、ドルで何となく意味はわかったんだけど、面白くなかったから笑わなかったの。そしたら多分ソイツは鳴子が笑わないのは意味を把握してないからだと思ったんだろうね。そのネタの面白さを解説するの。

「いや、だからプー、ドル……。屁をプーっとして、ドルをもらうから……つまりプー、ドル……プードル。フワフワした小さい犬、知ってるでしょ？　あれプードル」

その解説がとにかく、しつこい。真剣な目で額から汗流しながら力説するんだよ。

仕方がないから鳴子、無理やりに愛想笑いをしてあげたの。そしたら、「フゥー、良し」だって、ソイツ。

それで、手に持った小さいネタ帳みたいのに何か書き込んでるんだけど、ペンの動きが明らかにマルを書いてるの。オイオイオイ、今のでマル？　鳴子よっぽど、そのメモ帳を奪ってバツって書いてやりたかった。その後もいくつかネタを見せられたんだけど、全部オナラとか屁とかばっかりで、そのたびに鳴子が無理に愛想笑いをして、ソイツがマルをする、その繰り返し。

そんなの、さすがに十分も見せられたら疲れちゃって、もう笑うのやめたの。そしたら、帰ってくれると思ったから。でもね、それが逆効果だったみたい。さらに、しつこくなっちゃって、意地でも笑わせたかったみたい。けど、そうなったら鳴子だって意地。もう何が何でも絶対に笑わないつもりだった。

そしてついに、ソイツは諦めたの。とはいっても笑わせることを諦めたんじゃなくて、諦めてとっておきの切り札を出したってこと。仮に戦争が起きて、どこかの国が核爆弾を使うとしたら、半ば諦めて使うでしょ。それと同じ。

「これが本当のガス欠だ！」

って、いきなり大声でソイツが叫んだの。そしてズボンとパンツを膝まで下ろして、色の白いプヨッとしたお尻を鳴子に向けた。

やっぱりか、って思った。ソイツが近づいてきた時の鳴子の予感は的中してたんだよ。ソイツ変態じゃなかったけど、結果的には同じ。ズボン下ろしたでしょ。

きっとソイツはガスがケツから出てガスケツってネタをやりたかったんだろね。でも、その肝心のオナラが出てこないみたい。両手をグーに握って、体を微妙にプルプルと震わせながら「……本当の……ガスケツ……ガス……ケツ」って声は漏らしてるけど、肝心のガスは全然漏れてこないの。

ちょうどその時、自由時間の終わる頃で戻ってきた生徒たちがワーとかギャーとか騒ぎ始めたの。そんな状況になってもソイツ全然やめようとしないでお尻出してプルプルしてる。そしたら騒ぎに気づいた男の先生がダッシュでソイツにタックルして、地面に叩きつけたの。しかも運悪く、柔道で全日本まで行ったムキムキの体育教師。ぶん投げられて、さすがにソイツも自分のやったことを自覚したみたいで、

「違うんです！ 誤解です！ 聞いて下さい！」

って羽交い絞めにされながら必死に弁明してた。けど、その「聞いて下さい！」を言った直後、タイミング悪くブビビってオナラが出たの。

これには先生キレたみたい。そりゃキレるよね。

「聞いて下さい……ブビビ」だもん。

顔真っ赤にして「なめてんのか！」って、ソイツの髪の毛を鷲摑みにしてギュッて頭を持ち上げたの。そしたらさ、その時ソイツ鼻血を流しながら目をキラキラさせて、鳴子に向かって言ったんだ。

「ほら、今の。ガスケツ……」

もう鳴子の負け。

鳴子、お腹抱えて笑った。先生も生徒も変な目で見てたけど、気にせず笑い続けた。笑いながら、不思議なんだけど涙が出てきた。別に笑いすぎて出てくる涙じゃないよ。何て言うのかな、すごく癒されたの。

それまでの人生でも何度だって涙を流したことはあったけど、それとは違う温かい涙だった。目の周りがポカポカする涙。

そして目の前の馬鹿が愛しくて愛しくて堪らなくなって、鳴子は駆け寄ってソイツにキスしたの。笑いながら、涙を流して、ソイツの鼻血が鳴子のホッペに付くのも気にしないで、皆の前でキスしたの。母犬が自分の子犬を可愛がるように何度も何度もキスをしたの。ソイツも驚いたみたいで、プビビブビビって音が何度か聞こえた。自分で言うのも何だけど、あんなに汚いキスシーンは世界中を探したってどこにもないと思う。

でもね、本当にあの時、鳴子は目の前の馬鹿に運命を感じたんだ。この救いようのない馬鹿を救えるのは鳴子しかいない、世界中の皆を敵に回しても鳴子だけは、この馬鹿を守りたいって、本当にあの時そう思ったんだ。

しばらくして、ソイツは警察官に連れていかれた。名前も知らない、半分お尻を出した馬鹿の後ろ姿を鳴子は胸をキュンキュンさせながら見ていた。

あれから三年。何度も何度も別の人を好きになろうとした。もっと普通の人、せめて普通の馬鹿。けど、残念ながら今も変わらず、あの救いようのない馬鹿が忘れられないの。

それが浅草に来た、もう一つの理由。

というより、ただ一つの理由かな。

ソイツ探し

結局のところ、本当の自分を見つけるというのはソイツを見つけることなのかな。

ソイツを見つけて、一緒になれば鳴子はきっと本当の幸せな自分になれるから。

でも、その肝心のソイツがどこにいるのかわからないの。名前も知らないし、とりあえず例の駐車場に行って、あの時と同じ場所に座ってソイツが来るのを待ってみたけど、そんな都合良くソイツは現れなかった。

日が暮れて、鳴子ぶらぶらしてたんだ。そしたら一軒の劇場が目に留まったの。入り口に立てられた看板には、『爆笑コンバット開催中』って書かれてる。

ひょっとしたらソイツが出てるかもしれないって期待した。あの時はソイツ、舞台に立てる身分じゃないなんて言ってたけど、あれから三年も経つし、あんなソイツでも多少は成長して舞台に出ててもいい頃でしょ。

劇場の入り口に「本日の出演者」って書かれた貼り紙があったけど、いくら見たってソイツの名前を知らないから無駄だったし、確認するには中に入るしかなかった。中に入ると、すでに舞台ではコンビの芸人が漫才みたいのをやってたけど、二人とも記憶の中のソイツとは似ても似つかなかった。それが終わると、また別の芸人が出てきたけど、それもソイツじゃなかった。そうやって一組が終わり、また一組、終わるたびに次こそソイツが出てくるのを期待したけど、最後の最後までソイツは出てこなかった。

でも、それぐらいで鳴子は諦めなかったよ。

次の日も別の劇場に行って、ソイツを探した。そして、次の日も次の日も。

そんなことを何日も繰り返してるうちに、浅草中の劇場を制覇しちゃった。おかげで鳴子はずいぶんとお笑いに詳しくなったよ。漫才やコントはもちろん、古典落語から三味線漫談まであらゆるジャンルを見たからね。中でも鳴子が好きなのは落語。物語が面白いし、話し方にも品があって素敵。夜、お風呂上がりにホテルの浴衣に着替えて「えー、まいどぉ馬鹿な話を一つ」なんて落語家の真似もした。でも、実際やってみて話にオチを付ける大変さってわかった。これは苦労するよ。あの馬鹿が生きてける世界じゃない。だから自分に限界を感じて、ひょっとしたらソイツやめたのかもしれないと思った。でも、ソイツ馬鹿だから限界を感じるなんてできないかなぁとも思った。

どちらにしても、もう潮時でしょ。鳴子は、やれるだけのことはやったもん。これだけ探したんだし、本当に運命の二人なら会えてるはずでしょ。

それに正直に言うと尽きちゃったの。愛とかじゃないよ、もっと現実的な問題。つまり、お金が尽きちゃったの。仕事もしないで毎日ホテルに泊まって、劇場の入場料を払ってれば、そりゃ尽きるでしょ。

だからってさ、鳥取に帰るのは絶対に嫌だったんだ。帰ったら、その時点で鳴子の人生は終わりのような気がして。だからね、鳴子は浅草で働くことにしたの。とはいっても、鳴子は未成年だし、親の承諾なんてもちろんないから働ける場所も簡単には見つからなくて、何軒かスナックを回ったけど、意外と厳しくてどこも駄目だった。財布の中を見たら、もう鳥取に帰る電車賃も、その日のホテル代もないの。そんな状況で、もうヤケになってたのかな。

鳴子が入ってった場所は浅草ゴールデンホール、いわゆるストリップ劇場だった。

浅草ゴールデンホール

ここで働きたいって、入り口にいた無愛想な黒服の男に言ったの。そしたら、

「君、年いくつ？」って男に訊かれた。だから、「二十歳」って鳴子が嘘を言うと、

「ふぅーん」って男はちっとも納得しない感じで言った。

「今、支配人が留守なのよ。俺の権限じゃ決められないし、支配人が戻るまで待ってて。楽屋でもいいけど、ちょうど今ショータイムだから見てれば」

男に案内されて入ると、思ったよりも中は狭くて満席でも五十人ぐらいかな。そん時は、そこに三分の一ぐらいの客が入ってた。ステージの真ん中からは一本の道が出てて、T字の形になってるの。そのTの先っぽは床がぐるぐる回るようになってて、そこで裸の女の人がブリッジしながら回ってた。だからね、その女の人の顔と、股の

間の大事な部分が交互に見えるんだけど、股の大事な部分が客席側に回ってくるたび、男たちからの「ヨッ」っていう掛け声だったり、拍手が聞こえるの。けど、逆に顔が回ってくる時は無反応なの。頭に血が上って額に青筋を走らせながら色気のある顔で客を誘惑してるんだけど、もうまったくの無反応。でも、それが終わって股が来ると「ヨッ」と拍手の嵐があって、また誘惑の顔で無反応なの。

こりゃ鳴子には無理だって思った。想像と実際に見るのでは全然違う。厳しい現実の世界、お金を稼ぐのは生半可なことじゃないんだってわかった。鳴子が諦めて席を立とうとした、その時。

音楽が止まって、ブリッジしていた女の人と入れ替わりに舞台の袖からマイクを持った男の司会者が現れた。

「レイナさん、ありがとうございました。さぁ、続いては当劇場が誇るジュピター小鳥さんです。小鳥さんはヌードとアートを融合させたヌードアーティストという今までにはない、まったく新しいタイプの踊り子さんでして。本日、皆さんに見ていただくテーマは『ライフ』です。では、盛大な拍手でお迎え下さい。ジュピター小鳥さんです、どうぞ！」

そう司会者が言うと、あたりが真っ暗になって、ＢＧＭには教会とかで歌ってそうな賛美歌が流れた。そしてステージにピンスポットが当たると、その光の中に修道院のシスターがいる。

といってもね、シスターなのは首から上だけで、そこから下は完全な裸。そのシスターは両手を胸の前で組んで、遠くを見ながら涙を流してた。何となくアートな雰囲気はあるんだけど、鳴子にはよく意味がわからなかったな。

そのまま二、三分待たされてると賛美歌が急にブチッと終わって、激しいロックに変わるの。それに合わせてカラフルな安っぽい照明がチカチカと舞台を照らして、シスターが不格好に激しく踊る。それで、やっぱりシスターもＴ字の先端に行って股を広げてぐるぐると回り始めた。

次に、さっきの司会者が風船を持って登場するんだけど、風船にはマジックでね、『死』と書かれてるわけ。その風船に、シスターが股の間に挟んだ吹き矢の照準を合わせて「せい！」と大声で叫ぶと、股の間から矢が飛び出して風船がパンと割れるの。その割れた風船の中から小さいハート型の風船が出てきて、それにはマジックで『命』って書いてあった。それがアートなのか鳴子にはまったくわからないんだけど、きっとお客さんにも伝わってなかったと思う。皆ポカーンとしてたもん。

その時、背後から声がした。

「支配人来たよ」

振り返ると黒服の男が、やっぱり無愛想な顔で立っていた。

支配人登場

劇場の上の階にある事務所兼住居みたいな部屋。支配人っていうから勝手なイメージで脂で顔面がテカッてそうなオジさんを想像してたんだけど、派手な厚化粧に下品なスーツを着たオバちゃんだった。

「身分証もない、保証人もいない、二十歳だなんて自分じゃ言ってるけど、ひょっとしたら未成年かもしれない。その上、裸にもなりたくない。……ってアンタ、それで雇ってくれって言うの？」

煙草を吸いながら支配人が呆れ顔で言った。

「お願いします。住むところと食べ物さえあればいいです。裸になれませんけど、掃除したり買い物したり、何でも雑用しますから。お金はいりません」

鳴子にしてはずいぶんと珍しく大きな声で言ったかも。

お金はいらない、それに反応した支配人が次の煙草に火を付けた。そして言葉を選ぶかのように、ゆっくりと丁寧に言った。

「……楽屋だよ。布団もあるし、洗い場もある。そこで寝泊りしながら、掃除と女たちの身の回りの手伝い。給料はなし。本当にそれでいいんだね？」

「はい！　ありがとうございます」

満面の笑みで鳴子は返事をした。そして、オデコがテーブルに当たるぐらい深く頭を下げたの。

支配人と無愛想が不思議そうな目で鳴子を見てたけど、鳴子はお構いなしに部屋を出て、駆け足に階段を下りて劇場の中へ戻った。

席に着くと、そろそろショータイムも終わる頃で、ステージ上にその日の出演者が一列に並び、客席へ向け手を振っていた。ジュピター小鳥の格好はシスターから兵隊さんに変わってて、しきりに客席へ向かって「ノーモアーウォー！　ノーモアーウォー！」と叫んでいた。鳴子がいなくなった後、一体何をしたのだろう。
ともあれ、目の前に並んだ女の人たちがこれから鳴子の先輩になる。ここが今日から鳴子の職場。楽屋に寝泊りして、掃除して、皆の雑用して、お金だって一銭ももらえないけど、そんなの構わないもん。

だって……。

女の人たちがステージの脇へ消えていき、次々と客が席を立つ中、ステージに司会者が再登場して、最後の挨拶をした。
「本日はまことに有難うございました。くれぐれもお忘れ物のないようにお帰り下さいませ。今後とも浅草ゴールデンホールを宜《よろ》しくお願いします。本日はまことに有難うございました。司会は、プードル雷太《らいた》でございました」

だって……やっと見つけた鳴子のソイツだもん。

再会

プードル雷太。雷太。雷太。

三年越しにやっとわかったソイツの名前は、雷太だった。初めて知ったはずの名前なのに、なんだか聞いた瞬間に忘れていた名前を思い出したような感覚。雷太の名前は雷太以外にはあり得ないって思った。

しかし、プードルはどうなの？　三年振りに会えた好きな人の名前がプードル。別に名前に恋をしたわけじゃないから良いんだけど、ちょっと戸惑う。だってさ、恋する乙女が満天の星空を見上げながら好きな人を思い浮かべて「アキラ……」だとか「ケンジ……」とか呟くなら素敵だけど「プードル……」じゃ、雰囲気ないでしょ。親に犬を飼わせてもらえない子供みたいで。

「あ、えっと、ショータイムは以上ですが、最後にプードル雷太ショーをやりますので、良かったら見てって下さい」

雷太がそう言うと、客のほとんどが席を立った。つまらない映画のエンドロールが流れる時みたいに、何の迷いもなく劇場を出て行って、残ったのは鳴子を含めて三人だけ。うち一人は眠っていて終わったことに気づいてない客。もう一人は九十歳ぐらいの老人で、こちらも起きてはいるけど終わったことに気づいてない客。満面の笑みで手拍子をしながら雷太が脱ぐのを待っていた。

三年振りの奇跡の再会に鳴子は舞い上がってた。何度も何度も深呼吸したけど胸のドキドキは鎮まりそうになかったから、落ち着くのは諦めて舞い上がったまま、ゆっくりと席を立ち一歩ずつステージのほうへ向かった。

ステージの雷太と目が合うと色鮮やかな照明は消え、ただの暗闇になる。そして看守に見つかった逃亡犯みたいに雷太と鳴子をピンスポットが照らすと、「あの、もしかして、あなたは……」と雷太が呟く……ワケがない。ワケがないけど、そんな再会を期待しちゃってた。

なのに雷太の奴、鳴子の顔を見て、「あ、お帰りですか?」って、そう言ったの。信じられる? あり得ないでしょ。雷太、鳴子のこと忘れてるんだよ。確かに雷太と鳴子が会ったのは三年前、それもほんのわずかな時間だったかもしれないけど、あんな劇的なキスまでした相手の顔を普通忘れる？

　っていうか、本音を言えば雷太も鳴子のことが好きで、あの日から鳴子のことをずっと待ってるって思ってた。なのに、まさか忘れてるなんてヒドい、ヒドすぎる。

「え……あ、いや」

　何だか自分が惨めすぎると思って、そのまま帰ろうとした。けど、

「あ、スグに終わります。見てって下さい」

　雷太にそう言われて、席に戻った。そのまま席に座っているべきか、それとも席を立って去るべきか、悩んでいると、答えの出る前に雷太のネタが始まった。

「屁をすると金をもらう犬は……プー、ドル」

　驚いたことにネタは三年前からまったく成長してなかった。ただ一つ、

「プードルは犬の種類、プーはオナラの音、ドルはアメリカの通貨です」

　って説明だけは流暢《りゅうちょう》になってた。そんなことよりもネタを作れって誰か言ってあげなかったのかな。誰でもいいから、あの手帳にバツって書いてあげなかったのかな。

「続きまして、屁をすると骨が折れる虫は……ゴキ、ブリ。ゴキブリは虫の名前、ゴキは骨折の音、ブリはオナラを意味しています。続きまして、歩きながら屁をする

……」

　三年前とまったく同じネタを見せられながら、鳴子はイライラしてきた。浅草中の劇場で、いろんな芸人のネタを見た鳴子だから断言できる、雷太のネタじゃ売れない。もちろん雷太のことは好きだよ。好きだからこそ幸せになってもらいたいし、一流の芸人になってもらいたいの。それが三年前から何も成長してないネタを見せられたらイライラもするでしょ。

　そして席に座ってるべきか、立つべきか、鳴子はその答えを出したの。

　鳴子は席を立った。

「これが本当のガスケツ」

　鳴子は席を立って、ズボンを下ろそうとしている雷太に駆け寄った。

　そして、こう言ったの。

「あのぉ。えっと……」

　ズボンに掛けた手を止めて、中途半端にお尻を半分出した雷太が真ん丸の目をして鳴子を見ている。

「……わたしと漫才やろ」

お笑いの才能が鳴子にあるかわからない。けど、それでも雷太よりか少しは才能があると思う。

雷太のために鳴子が頑張るの。頑張って売れっ子の芸人にしてあげるの。

雷太が驚きの言葉を発する代わりに、静けさの中をあの懐かしい音が劇場に響いた……

ブビビ……

ブビビビ……

二人の鳴子

ゴールデンなる子らい太。

それが僕らのやってるコンビの名前。僕らってのは、僕と鳴子のこと。もう結成して一年は経つ。ゴールデンって名前は二人が住み込みで働いているストリップ劇場の浅草ゴールデンホールから取った。けど、僕的には犬が大好きだからコンビ名も犬の名前にしたかった。だから反対してたんだけど、鳴子に実はゴールデンレトリバーって意味もあると言われて納得した。

その前まではプードル雷太って名前で僕が一人でやってた。けど、ちっとも駄目だった。でも、それは別に僕が面白くないってワケじゃなくて、何と言うか、ただお客さんに伝わりづらかったんだと思う。だけど今も鳴子は僕にネタを作らせようとしない。全部、鳴子が作ってる。

鳴子がお客さんに向かって「バカ」とか「死ね」とか毒舌を吐いて、僕が「よせよ」

って言って、今度は鳴子が僕のことを「口が臭い」とか「道で寝てる」とか、あることないことお客さんに言って、僕が「よせよ」って言って、鳴子がお客さんに向かって「お前ら、有り金全部出せ」って襲いかかるのを僕が「よせよ」って言う、そんなネタ。

はっきり言って、僕はあまり面白いとは思わない。けど不思議とお客さんは笑う。けどそれは、きっと鳴子の作るネタは誰でも味がわかるラーメンで、僕の作るネタは違うからだと思う。けど、それを楽屋にいる時鳴子に言ったら、「じゃ、何なの？」って言われた。

「私をラーメンに喩《たと》えたなら、雷太も自分のことを食べ物に喩えないと対比にならないでしょ？」

「だから、僕は違うって言ったじゃないか」

「違う、じゃ駄目なの。例えば『僕のネタは玄人にしかわからない特上のトロ』とかって喩えたりしなきゃ。そしたら私が『何が特上のトロだ！　お前なんて路上のゲロだ！』って言えば笑いになるでしょ。そういう言葉の駆け引きが笑いを……」

それからずっと説教。もう、うるさくって仕方がない。鳴子は僕より年下で芸歴だって短いくせに僕のことを子供みたいに扱う。の、くせに本番で自分が失敗すると子供みたいに「雷太、ごめんね」って泣きながら謝る。

　はっきり言って僕は鳴子が苦手だ。特に芸人の鳴子のほうが苦手。普段の鳴子は優しくて、おっとりしてていいんだけど、芸人の鳴子は何だか怖い。一生懸命なのは僕もそうだし、周りの芸人もそうなんだけど、鳴子の場合は一生懸命すぎて怖い。もう少し肩の力を抜いたっていいと思う。明らかに芸人の鳴子は無理をしてて、すごく苦しそう。

　だって本番前、鳴子は必ず青い顔をしてトイレに行くんだ。一度だけ間違えて女子便所に入ってしまった時、中からオエッて鳴子の声が聞こえた。きっと吐いてるんだと思う。それに、本番が終わると真っ先に楽屋へ戻って派手な厚化粧を落とすのだってそうだ。まるで汚い物が顔に付いてしまったみたいに鳴子は一生懸命に化粧を落とす。きっと鳴子は無理してるんだ。

　この前も『爆笑コンバット』って寄席に出た時、酔っ払っててガラの悪い客に向かって鳴子は、「おい、ゴリラ。山に帰れ」とかって無茶苦茶なことを言うんだ。その客には周りのお客さんも迷惑がってたみたいで、鳴子の毒舌を嬉しそうな顔して笑ってた。

　でもその時、鳴子の手は震えてた。震えを抑えようとして手をグーに握っても震えてた。だから鳴子はそれを隠そうとしてスラックスの後ろポケットに両手を突っ込んだ。いつも鳴子の隣に立ってる僕だからよくわかる。きっと鳴子は無理してる。

運命の人

今でこそ舞台に立ってネタをやっているけど、芸人になった頃はどこの劇場にも出させてもらえなくて、いつも路上でネタをやってたんだ。買い物してるオバちゃん、お昼御飯を食べてる労働者、修学旅行中の学生、とにかくいろんな人の前でネタをやってた。ちっとも笑ってくれなかったり、怒って途中で帰ってしまったり、すごく辛いこともたくさんあったけど、それも今思えば良い経験だったと思う。

だってあの経験がなかったら僕はあの人に会えなかったんだ。あの経験があったから僕は運命の人に会えた。もしかしたら、あの人に会うために僕は路上にいたのかもしれないし、あの人に会うために僕は芸人になったのかもしれない。

あれは四年前、浅草寺の裏にある駐車場で、いつものように修学旅行で来ていた学生さんにネタを見てもらってる時だった。ちょっとした問題があって僕は警察のお世話になった。それで交番に連れていかれて事情聴取をされたんだけど、僕が何度説明してもお巡りさんはわかってくれないんだ。「どうして脱いだ?」とか「何が面白いんだ?」って、そればっかり。

その時、僕の隣の席にいたのが長い髪の毛に長い付けまつげ、赤の派手なワンピースに網タイツ姿のジュピター小鳥さんだった。僕の運命の人だ。

ジュピターさんも何か問題を起こしたみたいで事情聴取をされていた。どんな問題なのか具体的にはわからないけど「どうして脱いだ?」とか「何が芸術なんだ?」って訊かれてたから、きっと僕と同じような問題だったと思う。

しばらくして事情聴取も終わり、僕が交番から出て行こうとする時、

「アタシにはわかるよ、アンタの言ってること。でもコイツら、国家の犬にはいくら説明したって無駄だね」

って机に足を乗せたジュピターさんが言った。

まるで僕は地球で一人ぼっちになったような気分だったから、「アクシにはわかるよ」って、その言葉がすごく嬉しかったんだ。それに、そんな綺麗な女の人のほうか

ら声をかけられたのなんて生まれて初めてのことだったし。

何がしたいのか自分でもよくわからないまま、僕は交番の外でジュピターさんを待ってた。待ってる間に自分は何をしたくて待ってるのか、それを一生懸命に考えたんだけど、答えが出る前にジュピターさんは出てきた。

交番から出てきたジュピターさんに駆け寄って、僕は「あ、あの……」って言ったまま、何がしたいのかわかってないんだから、何を言えばいいのかもわからなくて、下を向いた。

そんな僕をかわいそうに思ったからなのか、それとも本当にお腹が空いていたのかわからないけど、

「ラーメンでも食うか。どうせ暇だろ」

ジュピターさんが僕に言った。

「え、あ、……はい」

返事を言い終わる前にジュピターさんは歩き出したので、僕はその背中を追っていった。

早足に歩くジュピターさんの背中を見失わないように僕も早足で追いながら、やっ

と自分が何をしたくて待っていたのか、その答えがわかった。

ただ僕は、この人と一緒にいたかっただけだ。

悩む僕

僕はストリップ劇場『浅草ゴールデンホール』の客席にいた。

目の前で裸の女の人が踊っている。自慢じゃないけどストリップを見るのも、女の人の裸を見るのも、それが初めてだった。

ラーメン屋でジュピターさんからストリップをやっていると聞かされて、正直に言えばショックだった。こんなに綺麗で、こんなに優しい人がストリップで皆に裸を見せてるなんて、信じたくなかった。

「そんな仕事やめて下さい」

喉まで出かかった言葉だけど、どうにか止めた。そんなことを言ったらジュピターさんに失礼な気がしたし、それよりも何よりも僕自身が女遊びもロクに知らない童貞だとジュピターさんに見破られるのが嫌だった。だから、僕は言ったんだ。

「へ、へえー。あぁ、そうですか。あぁ、きっとスケべな体してるんでしょうね」って。

それが咄嗟《とっさ》に出た僕なりに精一杯の強がりだった。

でも、それを聞いてジュピターさんは少しムッとした顔で僕に言った。

「アンタも警察と同じだね。いいかい、アタシのヌードはアートなんだよ。男のスケべのために踊ってるんじゃないんだ。世に訴えるためにアタシは踊ってるんだよ。ヌードは手段に過ぎない。アタシは生きた絵画であり、生きた彫刻なんだよ。そもそも人間は生まれてきた時に服なんか着てないわけで……」

それからジュピターさんはアートとは何かを一生懸命に説明してくれたんだけど、馬鹿な僕には難しすぎてよくわからなかった。

それで結局、実際に見ないとわからないということになって、僕はジュピターさんに連れられて劇場へ来たわけだ。でも正直、実際に見たら余計にわからなくなったかも。

耳が痛くなるような大きな音でラッパのファンファーレが流れると、ステージの横からガタガタと戦車の効果音に合わせて台車に座ったジュピターさんが登場した。そして台車を押してきたタキシードを着た男の人がライターを手に持ち、上半身は兵隊の格好だけど下半身は裸の、ジュピターさんの股の間から出ている筒の先に火を付けた。するとポンッと音がして、筒の先から白い煙が出てくる。

「ノーモアーウォー！ ノーモアーウォー！」

台車から飛び降りたジュピターさんが拳《こぶし》を天に突き上げ客席に叫ぶ。きっとジュピターさんとしては皆も一緒に叫んで欲しかったのかもしれないけど、客の全員が下を向いて黙っていた。ただ一人、隣に座っていた年寄りの爺さんだけはポンッの音に驚いてブルブルと体を震わせながら、ジュピターさんに手を合わせてお経を唱えていた。きっと何か嫌なことを思い出してしまったんだろう。

ショーが終わってから楽屋を訪ねると、さっき台車を押していた男の人に向かってジュピターさんが何やら説教をしていた。それを男の人は溜息を吐きながら呆れ顔で聞いている。

「ほんと使えない男だね。何で一緒に叫ばないんだよ。ったく、もうアンタ首だよ。支配人にはアタシから言っとくから、もう明日から来なくていいよ」

そう言うとジュピターさんは鏡に向かって化粧を落とし始めた。そして、鏡越しに僕がいることに気がつくと、そのままの姿勢で鏡の中の僕に言った。

「お、ちょうどいいや。アンタ明日からウチで働かない？　司会がいなくなっちゃったからさ」

交番に連れていかれて、隣に座っていた女性と知り合って、その人が実はストリッパーで、その人が働いてる劇場の司会に誘われた。あまりに全部が突然で、衝撃的で、僕は返事に困っていた。

けど鏡越しに見えるジュピターさんはすごく綺麗で、この人とこれから一緒にいられるってだけで悩む必要なんてない気もしていた。結局、僕が返事に悩んでいると、僕が答えるよりも先に鏡の中の僕が大きく縦に頷《うなず》いていた。

ネタ作り

楽屋にある鏡の前に座り、首を横に振ったら、中にいる僕も首を横に振った。

あの日、ジュピターさんと出会った日。もし、こうして僕が首を横に振っていたらどうなっていたんだろう。この四年間、僕は何をしてたんだろう。「ここで働いてなかったら、今でもやっぱり路上でネタをやっていたのかな。鳴子とコンビを組むこともなかったかな」

「さぁ、どうかな」

隣で鳴子がノートにネタを書きながら、興味なさそうに返事をして、鉛筆の後ろを何度か軽く噛んだ。劇場が休みの日は、楽屋で鳴子がネタを考えながら鉛筆の後ろが潰《つぶ》れていくのを僕は見ている。

「最近、なにか面白いことあった？　ネタになりそうなこと」

「えっと……特にないけど」

鳴子が溜息を吐きながら鉛筆を置いた。その雰囲気からして、例の説教が始まるって感じがした。だから、慌てて僕は言った。

「あ、やっぱあった。えっと、オナラをしちゃった話」

「……それ、どんな話」

「いや、だからオナラをしちゃったんだよ。歩いてたら、その歩くテンポに合わせてさ、小さいオナラがプビビって、確か二十歩ぐらい出てた」

「……それの何が面白いの？」

きっと、そのネタは気に入らなかったんだろう。鳴子が大きく息を吸って腕組みをした。このままだと地獄のような説教が始まってしまう。僕は間髪を入れず続けた。

「あ、あれもあった。オスワリって言ったのにオカワリをした犬の話。……じゃなくて、雨の日に傘を忘れちゃった話。というのは嘘で、ラーメンが伸びちゃった話……」

思いつく限りにネタになりそうな面白いことを話したんだけど、どれも鳴子は気に入らなかったようで、努力の甲斐も空しく鳴子の説教は始まった。

「もっと芸人なら普段の生活からネタになりそうなことを探しておかなきゃ駄目。ラーメンが伸びた話を聞いて客が笑う？　雨の日に濡れた話を聞いて、私は何てツッコミを入れたら良いの？　風邪ひくぞって言うの？」

「あ、いや傘を忘れた話だよ。濡れてない、雨宿りしたから」

「そんなの、どっちでもいいの。私が言いたいのは……」

覚悟を決めて鳴子の説教を聞こうとした、その時。ドアが開いたお陰で、僕は地獄から救われた。が、またスグに地獄に蹴落とされた。

「ごめんね、取り込み中のところ」

　ドアを開けて入ってきたのは、菓子折りを手に持った支配人だった。

「今さっきジュピターから連絡があってね、体調を崩したらしいのよ。だから、しばらく休ませてくれって」

どこかに出かけるらしく、派手に着飾った支配人がフリルの付いたハンカチをウチワ代わりにして扇ぎながら言った。

「えっ、ど、ど、どうしたんですか？　どこが悪いんですか？　どんな病気なんですか？」

「知らないよ、私だって。それでさ、悪いんだけど見舞いを雷太に持ってってもらおうと思ってね。まぁ、本来なら支配人の私が行くべきなんだろうけど、今日はオトコの誕生日でさ。これから一緒に野球を観に行くんだよ。なんでも巨人軍に長嶋茂雄ってすごい新人が入ったとかで、やっとチケットが取れてさ……」

支配人の話が終わるのを待てず、僕は楽屋を飛び出してジュピターさんの家へ走った。

修羅場

電車に乗るのも忘れて、隣町にあるジュピターさんの家まで走った。去年の正月、酔っ払ったジュピターさんを背負って送った時は、その時間が嬉しくて、ゆっくりと歩いて二時間ぐらいかかったのに、走って二十分で着いた。

肺に穴が開いちゃったんじゃないかってくらいに息を吸っても吸っても楽にならなくて、そのままゼエゼエしながら部屋の扉を叩いた。

「あれ、雷太。どうした？」

扉から出てきたジュピターさんが他人事のような顔で訊いてきた。

「ジュピターさん、だっ、大丈夫ですか、病気、大丈夫ですか」

「あぁ、そのことね。この通り平気だよ。雷太こそ顔が紫だけど大丈夫か。ま、入りな」

意外と綺麗に片づけられた部屋に入って、出されたお茶を飲んで破裂寸前だった心臓が少し落ち着くと、支配人から菓子折りを受け取るのを忘れたのに気がついた。けど、それよりもジュピターさんの部屋で二人きりになっているのにも気がついてしまって、心臓がまた騒ぎ始めた。そんな騒ぎを知りもせず、ジュピターさんは寝転びながらテレビで巨人戦を見ていた。支配人の言ってた長嶋がバッターボックスに立っていた。

「雷太も出世して早くテレビに出なきゃ。これからはテレビの時代だよ。しかも白黒じゃないよ、いずれは色付きのテレビが出るって話だよ。まぁ、うちら庶民には買えない代物だけどね。アンタも出世して、アタシに色付きテレビの一台でも買ってくれる様にならなきゃね」

もちろん出世したら色付きテレビだって買うし、洗濯機だって、冷蔵庫だって、何台でも買ってあげる。だって僕が頑張ってるのはすべてジュピターさんのためだから。出世して金持ちになってストリップをやめさせてあげるんだ。そう言いたい気持ちを込めて、「はい」とだけ、僕は答えた。

「ねぇ、久々に雷太のネタ見せてよ。鳴子とコンビになってからやってないだろ」

「あ、はい。えっと、では、屁をすると金をもらう犬は、プ……」

ドアが開いた。楽屋で鳴子の説教が止まったみたいに、今度は僕のネタが止まった。中に入ってきたのは、僕よりも頭二つ分は背の高い、金髪で鼻が高く、迷彩服を着た大男だった。

「あ、雷太、これアタシの彼、スティーブン。横須賀の基地で働いてるの」

大男の太い腕に白く細い腕を巻きつけてジュピターさんは言った。

「え……あ、スティーブンさん、えっと、ハロー」

動揺した。ジュピターさんに恋人がいるなんて知らなかった。

「ナニコイツ、チビ、ハッハッハッ」

大男が笑った。失礼よ、とか言ってくれると思ったジュピターさんも隣で一緒に笑ってた。そして、大男が僕の目の前でジュピターさんの肩を抱き寄せ、唇を重ね合わせた。ジュピターさんも、それを受け入れ二枚の舌が絡み合い、そのまま二人は床に倒れ込んだ。

「ぼ、ぼく、か、帰ります、お邪魔しました」

大男の下敷きになったジュピターさんが息を荒くしながら軽く微笑んだ。そして、耳元で大男が何か呟いた後、ジュピターさんが言った。

「あのね、彼が見てろって、あっ」

「え、ちょ、なにを、駄目です、駄目です」

「あっ。頼むよ。アタシも雷太に、見ててもらいたいんだ。あぁっ」

「で、でも、そんな……」

喋ってるうちに、喉が締めつけられたようになり言葉が出なくなった。そして、出てこれなくなった言葉の代わりみたいに涙がボロボロと出てきた。こんなにたくさんの涙が体のどこにあったんだってくらいに泣いた。きっとジュピターさんと出会った日から、ずっと溜まっていたんだ。僕が馬鹿だから流すのを忘れていただけだ。出会って一年もして名前を憶えてくれていなかった時も、渡した誕生日プレゼントが楽屋に置き去りだった時も、本当は泣くべきだったんだ。あの時にちゃんと泣いてれば、こんなに涙は溜まってなかった。もう目だけじゃ出口が狭すぎて、鼻と口からも出てきて、僕はグシャグシャの顔をして泣いていた。

「はぁ、雷太、なんで泣いてんだ。あっ、ほら、さっきの続き見せてよ、ネタ、あっ」

「ううう……屁をするとぉ、金をもらう、犬わぁ…………僕、ずっとジュピターさんがぁ、好きでしたぁ」

「あぁ、そう、あっ。嬉しいよ、雷太。もっと言って、もっと見てて」

大男が服を脱ぎ裸になると、ジュピターさんも裸になった。劇場で何度も見たジュピターさんの裸なのに、見るのが辛かった。

そして見慣れた裸がいつもと違うことにも気がついた。色の白い綺麗な体のところどころに赤く痛々しいミミズ腫《ば》れが見えた。

「ジュ、ジュピターさん、体に傷が……」

「あぁ、みっともないだろ、はぁ、だから、しばらく劇場を休むんだ、はぁ、はぁ」

「ど、どうしたんですか？」

「はぁ、はぁ、別に。階段で転んだんだよ。あぁぁ」

大男が立ち上がり、タンスから黒くて長い革のムチを取り出した。そのムチを大きく振り上げて構えると、ジュピターさんに向かって、

「コォノ、メスブゥタ！」

と叫びながら、勢い良く振り下ろした。

「あぅぅう。そうです。私はメスブタです。あぁぁ」

ジュピターさんが苦しそうな声を出すと、色の白い肌にミミズが一匹増えた。

怒りが込み上げてきて、自然と僕は拳を固く握り締めていた。ジュピターさんを傷つけた階段の正体は目の前の大男だ。

「うわぁぁああ！」

大男の顔面に拳が当たった。でも、人を殴ったことのない僕だから、自分の腕の長さがよくわかってなかった。拳は顔面に当たるというよりも触れると言ったほうが正しい位置でピタッと止まった。

「ナンダ、テメ！　ナンダ、テメ！」

僕を突き飛ばした、大男が叫びながら何発もムチで打ってくる。体中に激痛が走った。僕は体に当たったムチを手で摑み取り、大男から奪い取ろうとしたが、逆に引っ張られて、その勢いで立ち上がった。

次こそ顔面に当てる。しっかり距離を確認して、僕は拳を握り締めた。

「うわぁぁああ！」

大男に向かって突進した、その時。

「違うんだよ、雷太！」

ジュピターさんに両足を摑まれて、そのまま勢い良く僕は前のめりに倒れていった。

倒れながら、大男の硬くなった巨大な股間が顔面に近づいてくるのがわかった。そして、それにアゴを弾《はじ》かれ僕は床に倒れ込んだ。

「雷太！」

と言うジュピターさんの声と、

「イテーヨォ」

と言う大男の声が聞こえていたが、音は徐々に小さくなり、そのまま僕は気を失った。

さよならゴールデンホール

目が覚めると僕は楽屋にいた。部屋の隅で体育座りをした姿勢のまま鳴子が寝ている。

「いてて」

起き上がろうとすると、体中がヒリヒリと痛む。その痛みで昨夜のことを思い出して、胸も痛くなった。

「大丈夫？」

僕の声で目を覚ました鳴子が、まだ半開きの目で微笑んだ。

「夜中にね、ジュピターさんが運んできてくれたんだよ」

「……うん」

バケツに手拭いを浸して、水を絞りながら鳴子は微笑んだ。

「全部、聞いたよ。大変だったね」

「……うん」

絞った手拭いを傷口に当てながら鳴子は微笑んだ。

「それでね、今回のこと警察には言わないで欲しいってさ。ずいぶんと勝手だよね」

「……うん」

ぬるくなった手拭いをバケツに入れて、鳴子が水を絞った。そして、一生懸命に笑顔を作ろうとしていたけど、目には涙を浮かべていた。

「……雷太、辛かったね」

そう言うと、鳴子が顔をグシャグシャにさせた。きっと昨日の僕と同じように。

「なんで、鳴子が泣くんだよ」

「……ごめんね。でも、もう雷太たくさん悲しい想いしたでしょ。たくさん泣いたでしょ。……だから、私が雷太の代わりに泣いてあげるの」

絞った手拭いで涙を拭くと、鳴子が赤くした目で笑いながら言った。

「……へへ。せっかく絞ったのにね」

僕は体が痛むのを無理して立ち上がり、服を着た。

「鳴子、僕、芸人やめようと思うんだ」

「えっ、何で？」

楽屋にある自分の荷物を鞄に詰めながら僕は言った。

「昨日のこともあるし、もう劇場にはいれないし」

「やめて、どうするの？」

荷物を詰め込んだ鞄を持って、靴を履いた。

「わかんない。どこでもいい。浅草じゃなければ」

「……私も行っていい？」

「一人がいいんだ。一人のほうが気楽で」

扉を開け、僕が楽屋を出て行こうとすると、

「待って」

と鳴子が言って駆け寄ってきた。

そして、僕の肩に手を乗せて、少し背伸びをしながらキスをした。

すごく優しくて、あったかいキスだった。そして何だか懐かしい感じもした。

でも、その懐かしさが何かを思い出す前に鳴子は僕に言った。

「いってらっしゃい。また、いつかどこかで会えたらいいね」

「鳴子……もう、会えないかも……」

「へへ。また会うよ。私、雷太のこと見つけるの上手なんだ」

「それ、どういうこと？」

「なんでもない。……ほら、早く行って。また、泣いちゃうから」

鳴子に背中を押されて、僕は歩き始めた。

この先の人生がどうなるかなんてわからない。

誰と出会って、何が起きるかなんてわからない。

でも、それでいいと思う。

何があるかわからないから、歩いて行けばいいんだと思う。


最後に一度だけ振り返り、見送る鳴子に僕は言った。

「そういえば、ネタができたんだった」

「どんな話？」

「アメリカ兵をぶん殴った話」

「へへ……いつか聞かせてね」

前を向いて僕は歩き始めた。

未来への一歩、二歩……三歩目にして早速つまずいたけど、僕は歩いた。

後ろでクスッと笑う鳴子の声を聞きながら。

陰日向に咲く

木造二階建ての小さなアパート。扉に「山村家」と書かれた白い紙が貼ってある、その部屋の中で男は目を覚ました。

「あぁ、もう昼過ぎか。飲みすぎたな」

返事がないことは知ってて、男は老女の写った遺影に話しかけた。二日酔いで、ずきずきと痛む頭を押さえながら男は起き上がると、灰皿から吸えそうな煙草を探し火を付けた。三口も吸うと、その煙草は寿命を終えたので、さらに別の煙草を灰皿から探していると、小さなテーブルの上の置手紙に男は気がついた。手紙は若いヘルパーの女が書いたものだった。寝ているので先に帰る、また明日来ます、そんな内容だった。

男は窓際に腰かけ、手入れのされていないアパートの小さな露地庭を見下ろした。日当たりとは無縁のその場所に、板で出来た塀の隙間から陽が差し込み、陰日向を作っていた。そこに、ひっそりと咲いた名前の知らない花を男は見つめた。

「死ぬ前は、きっとこうして、あの花を見ていたんだろうね」

遺影の老女に話し掛け、男が再び花に目を戻すと、背後で玄関の扉が開く音がした。

「おう、ネェちゃんか。昨日の若い青年はどうした？　奴も相当、飲んでたからな」

昨晩のヘルパーの女だと思い、男は振り向かずに言った。とくに女の返事はなかったが、気にせず遺影を手に取り、男は続けた。

「ま、ジュピターさんも大酒飲みだったからな。もっと飲め、死ぬまで飲め、なんて天国で言ってるかもな」

遺影を元に戻し、玄関を見るとそこに立っていたのは若い女ではなく、喪服を着た老女だった。しばらく二人は見つめ合い、どちらともなく微笑んだ。

「あの、もしかして、あなたは……」

「お久しぶりです」

薄暗かった部屋に差し込む陽の光。

その陰日向の中、長い年月を経て花が咲いた。

「へへ。また会うよ。私、雷太のこと見つけるの上手なんだ」

解説

川島壮八

「お父さん、ちょっと書いてみてよ！」

この作品に個性があったように、あとがきにも個性を持たせようとしたのかどうか分かりませんが、よりによって息子は素人である父親の私にあとがきを頼んできました。

しかし、とてもじゃありませんが素人の私に書評なんてできないので、親にしか書けない『劇団ひとりの生い立ち』について少し書かせてもらいたいと思います。

劇団ひとりこと川島省吾は、昭和五十二年二月二日、川島家の次男坊として生まれました。

省吾は生まれてすぐにひどいアトピーに悩まされました。手には引っ掻き防止の自家製手袋をはめているのにもかかわらず、どうしてもアトピーが痒《かゆ》くて掻いてしまうために皮膚は炎症を起こし外見は全身大やけどのようで、外出しても周りの人達が気持ち悪がって逃げるほどでした。治療は色々と試したのですがどれも功を奏しませんでした。そしてある日、妻は東京に良い漢方医がいると聞き、それから連日千葉から東京へと通院しました。その妻の苦労が実ってアトピーはほぼ完全に治り、今ではテレビのアップにも堪《た》えられるようになり信じられないほどです。

そして、アトピーと合わせて喘息もひどく、救急車の世話になったこともあったそうです。……そうです、と言ったのは全て私が出張中のことだったからです。なぜか我が家の子供達は、私の出張中に、発病や怪我をすることが多く、私が帰宅するとその結果だけを聞くことが殆どでした。妻は大変だったと思います。

この喘息は私の仕事の都合で、アラスカに三年間駐在したのですが、その大自然の透き通った空気が幸いしたのか住み始めて間もなくしてピタッと治ってしまいました。

そのアラスカの三年間は色々な貴重な体験ができ、今でもテレビでたまにその話をしているのを見ると、日本に居ると経験できないことができ、子供達にとっても良い財産になったと思っています。そのアラスカでの生活振りをちょっと書かせていただきます。

我が家のアラスカの三年間は六月から始まりました。六月はアラスカでのベストシーズンです。アラスカと聞くと、雪と氷をイメージする方も少なくないかもしれませんが、このシーズンはTシャツ一枚で過ごせ、町の中にもイメージしている雪や氷はなく、色とりどりの花が咲き並んでいます。そして、町から少し車で走るとすぐ郊外ですが、その途端、目の前に広がる雄大な景色に息を呑まれます。家族のものにとって、初めての異国の第一印象はきっと最高だったに違いありません。早速、釣りやキャンプなどアウトドアライフを存分に楽しみました。

また、学校の夏休みはこのベストシーズン中の六月から約三ヶ月もあり、さらにアラスカの夏は夜も白夜で真っ暗にはならないので、遊ぶ時間はふんだんにありました。子供に対して「暗くなったから帰りなさい」では夜中の一時頃になってしまいます。

しかし、そんなベストシーズンがまるで嘘のように、冬はさすがに厳しく、気温はマイナス二十度以下の日もあり、日照時間も四時間位だったと思います。しかし、それでも遊びの天才である子供達はスキーなどをして楽しんでいました。

それにしても子供達の順応する能力は素晴らしく、英語力など皆無の状態で米国に来たのに、二年後には字幕も吹替えもない映画を見て笑っていました。その親といえば隣に座って子供達に通訳して貰う始末です。我が家の子達が揃《そろ》って映画好きなのもこの時の影響かもしれません。

勉強に関しては、アラスカは日本と比べると随分と遅れていたようで「簡単過ぎる」と文句を言うほどでしたが、大変だったのは逆に日本に帰国してからで、今度は「難し過ぎる」と嘆いていました。しかし、そうやって日本の勉強に対して少し遅れてしまい、学歴というものから少しずつ離れていってしまったからこそ、芸能界入りという道が見えてきたのかもしれません。

「人生、何が幸いするか分かりません」

帰国後は、小学、中学時代で目立ったことは、運動会の応援団長をやったのと、親としては、やりたいことは何でもやらせたくらいで、バスケット、剣道、ボクシング等をやりました。

高校は工業高校に入りましたが、残念ながら担任先生との折り合いが上手く行かず、初志叶《かな》わず退学にいたりましたが、何とか説得して夜間の定時制高校は卒業してくれました。

もしも、あの工業高校を普通の成績で卒業していたらどうなっていたでしょうか。今の『劇団ひとり』は生まれていたでしょうか。

「人生、何が幸いするか分かりません」

しかし、定時制に入学した頃は学校のない昼間は一日中部屋でゴロゴロしている時もあり、今となっては笑い話ですが、よく妻と心配したものです。しかし、しばらくして芸能界という目標を持ち始め、学校に通いながらも漫才コンビを組んで芸能プロダクションのオーディションに受かり、バイトをしながらネタ作り、ライブなどをやっていました。

この作品で登場人物が多岐にわたりながらも、心理描写が巧みなのもこのバイト時代の観察力と、その記憶力が基盤になっているからだと思います。学校の成績は決して誇れるものではなくても、観察力、記憶力は良かったと思います。

二十歳で高校を卒業してから暫《しばら》くして、漫才コンビを解消し、ピン芸人として再出発しました。きっと本人は口には出しませんでしたが悩んでいたことと思います。

「二十五歳までに芽が出なかったら、あきらめるよ」

本気か冗談か分かりませんが、そんなことを言っていたのを覚えています。しかし、ちょうどその二十五歳頃に新芽が出てきました。漫才コンビとして良いコンビだと思って見ていましたので、実は内心でピン芸人としてはどうなのだろうかと不安でしたが、結果的には大成功だったようです。

「人生、何が幸いするか分かりません」

少ししてタイミング良くお笑いブームと呼ばれるものがやってきて、その勢いに乗って現在に至りました。定時制高校に入って一日中部屋でゴロゴロしていた息子がテレビ番組に出たり、俳優業をやらせていただいたり、そして、本作品を出版することができたりしているわけです。

そうやって、これまでは転機が全て『幸い』のほうに転がっていますが、親としては将来もそうであるように祈っています。

末筆ですが　ファンの皆様、読者の皆様、関係者の皆様　まだまだ未熟な劇団ひとりを今後ともよろしくご指導下さいますよう、紙面を借りてお願い申し上げます。

——劇団ひとり父

この作品は二〇〇六年一月小社より刊行されたものです。

陰日向《かげひなた》に咲《さ》く

劇団《げきだん》ひとり

平成20年8月10日　初版発行

発行者――見城徹

発行所――株式会社幻冬舎

〒151-0051東京都渋谷区千駄ヶ谷4-9-7

電話　03(5411)6222(営業)
03(5411)6211(編集)
振替00120-8-767643

印刷・製本―株式会社 光邦

装丁者――高橋雅之

幻冬舎文庫

ISBN978-4-344-41168-5　C0193　け-3-1